十兵鬼
십병귀

FANTASTIC ORIENTAL HEROES

오채지 新무협 판타지 소설

십병귀 6

오채지 新무협 판타지 소설

초판 1쇄 찍은 날 § 2012년 9월 25일
초판 1쇄 펴낸 날 § 2012년 10월 2일

지은이 § 오채지
펴낸이 § 서경석

편집부장 § 권태완
편집책임 § 주소영

펴낸곳 § 도서출판 청어람
등록번호 § 제1081-1-89호
등록일자 § 1999. 5. 31
어람번호 § 제2-2265호

주소 § 경기도 부천시 원미구 심곡2동 163-2 서경B/D 3F (우) 420—822
전화 § 032-656-4452 팩스 § 032-656-4453
http://www.chungeoram.com
E-mail § chungeorambook@daum.net

ISBN 978-89-251-3022-4 04810
ISBN 978-89-251-2887-0 (세트)

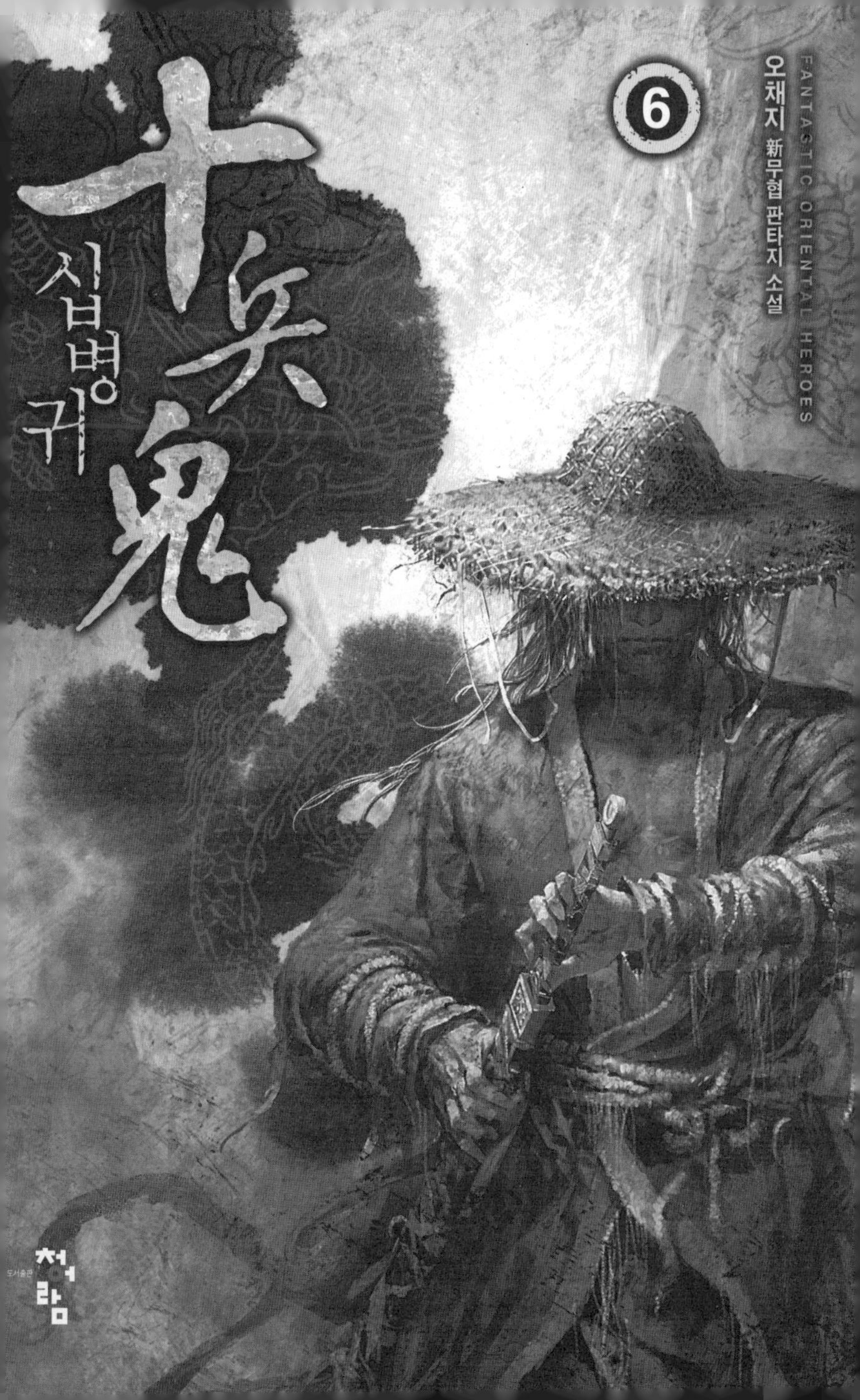
十兵鬼
십병귀
6
오채지 新무협 판타지 소설
FANTASTIC ORIENTAL HEROES
도서출판 청어람

第一章 개전(開戰) 一

전투는 흐르는 물과도 같다.

높은 곳에서 아래로 흐르고, 더 많은 물이 적은 물을 집어삼킨다.

첫 번째 시작은 궁전(弓戰)이었다.

남궁옥이 이끌고 온 일천여 명의 정도 무림인은 산릉을 장악한 상태에서 호숫가에 밀집한 적을 향해 소나기 같은 화살 공격을 퍼부었다.

상대적으로 높은 위치, 압도적인 수적 우세를 앞세운 그들의 화살 공격은 한참이나 이어졌다. 하늘이 빗금으로 가득 찬다 싶으면 어김없이 찢어지는 비명이 뒤를 이었다.

일천 명이 열 발씩만 쏘아도 일만 발이다.

눈 깜짝할 사이에 호숫가는 고슴도치가 된 시체로 가득했다. 팔성군이 이끌고 온 무천 병력 중 이 할이 화살 공격 아래 유명을 달리했다.

이윽고 화살 공격이 뚝 끊어졌을 때, 무천이 집결한 호숫가 진영은 갈가리 찢겨 있었다.

두 번째 공격은 백병전이었다.

매화검수 문풍섭을 시작으로 정도무림의 고수 일천여 명은 각자의 병장기를 뽑아 든 채 분지를 향해 쏟아져 들어왔다. 그 모습이 흡사 파도가 둑을 넘어오는 것 같았다.

"와아!"

"죽은 형제들의 복수를 하자!"

노도와 같은 함성이 뒤를 이었다.

앞서 금사도에 도착했던 정도 무림인들은 지금 극도로 흥분힌 상대였다.

금사도에서 발견한 사형제들의 수련 흔적, 그들의 죽음, 짧은 시간이었지만 생사고락을 함께했던 동료들의 끔찍한 죽음, 이 모든 것이 지난 십 년간 모진 목숨을 이어온 세월에 대한 한과 어울려 그들을 분노케 했다.

분노는 맹공으로 이어졌다.

후방에서 문풍섭이 이끄는 일천의 병력이 밀려오고 이쪽에서는 엽무백이 이끄는 일백의 병력이 팔성군과 무천의 병력을 압박해 갔다.

　팔성군과 무천의 고수들도 놀고만 있지는 않았다.

　"검진을 유지하라!"

　"목숨으로 팔성군을 지켜라!"

　"두려워하지 마라! 우리는 일당백을 자랑하는 무천의 정예들이다!"

　찢어지는 외침이 연달아 울렸다.

　살아남은 무천의 고수 사백여 명은 팔성군을 중심으로 다시 모여들기 시작했다. 한데 그 모양이 매우 낯설고 기묘했다.

　검진은 크게 두 가지 방식으로 나뉜다.

　다수가 소수의 적을 박살 내기 위한 공격적인 진법과 소수가 다수의 공격을 막아낼 목적으로 펼치는 방어용 진법이 그것이다.

　목적이 다른 만큼 그 운용의 묘리에 있어서도 공통점을 찾아보기 어려울 정도로 상이할 수밖에 없다.

　이때 방어가 주목적인 경우 강호의 일반적인 검진은 중요한 인물들을 가운데 두고 나머지 병력이 둥그렇게 에워싸는 게 일반적이다.

차이가 있다면 둘러싸는 방식, 고수의 포진, 혹은 공방의 발 빠른 전환을 위한 정도? 어쨌거나 그 원형은 크게 훼손되지 않는다.

한데 그들은 원형의 진을 만들지 않았다.

대신 팔성군을 가운데 두고 십여 개의 대열이 불가사리처럼 바깥을 향해 가지를 쳤다. 중앙의 팔성군을 치려면, 원형의 검진일 경우 몇 겹의 포위망을 뚫으면 되었지만 이런 형태의 방사성 검진의 경우 이미 길이 뚫려 있는 셈이다.

뚫려는 있되 중심까지 도달하는 동안 좌우에 늘어선 수십 명의 매서운 공격을 집중적으로 받아야 한다.

훨씬 위력적일 수밖에 없었다.

반면 방어를 하는 쪽에선 위치를 고수해야 하는 부담이 적기 때문에 선두의 한두 명이 쓰러진다 해도 진의 형태와 위력은 그대로다.

무천이 펼치는 검진은 종횡으로 포진하던 기존의 방식에서 과감히 탈피해 새로운 형태를 취한 획기적인 것이었다.

한데 그게 끝이 아니었다.

검진이 돌연 파문이 일듯 급속도로 커지더니 왼쪽 방향을 향해 빠른 속도로 돌기 시작했다. 그 모습이 흡사 소용돌이치는 태풍 같기도 하고, 맹렬하게 회전하는 거대한 톱니바퀴 같기도 했다.

태풍에 빨려 들어간 정도무림의 무인 수십 명이 순식간에 천참만륙으로 도륙당해 버렸다. 정도무림의 병력 일천과 무천의 병력 사백의 첫 충돌은 그렇게 시작되었다.

한데 압도적인 숫자에도 불구하고 정도무림의 병력은 좀처럼 우세를 점하지 못했다. 소용돌이치는 검진의 태풍은 커지고 작아지기를 반복하면서 점점 사나워져 갔다. 그건 살아 있는 하나의 거대한 괴물이었다.

팔성군은 마치 조무래기들을 모두 처리한 후에야 비로소 몸을 드러내겠다는 듯 검진의 한가운데에서 사태를 관망하고 있었다. 그들의 모습 어디에도 두려움 따위는 찾아볼 수 없었다.

검진의 위력을 믿는 것이다.

그들로 하여금 여전히 존엄을 잃지 않게 만드는 이 검진의 이름은 십방철익진(十方鐵翼陣)이다. 십방철익진의 시작은 십여 년 전의 어느 때로 거슬러 올라간다.

초공산은 무림 일통의 대업을 완수하자 생사고락을 함께했던 팔 인의 마왕에게 후일 팔마궁이라 불리는 외궁 여덟 개를 지어주고 신궁에서 쫓아 보냈다.

속칭 '팔왕의 치'로 불리는 사건이다.

초공산은 또한 그들 팔마왕에게 수궁을 위한 명목으로 일천 명의 병력을 하사해 궁을 지키게 했다.

하지만 이건 사실 팔마궁의 힘이 커지는 것을 두려워한 초공산의 포석으로, 일천 이상의 병력을 거느릴 수 없도록 미리 못을 박아둔 것이었다.

아마도 이때부터였을 것이다.

팔마궁의 궁주들이 생각을 달리한 것은, 본격적으로 신궁을 치기 위한 준비를 시작한 것도.

병력을 기르고 육성하는 물리적인 방법에 한계를 느꼈던 그들이 가장 먼저 한 것은 무공과 검진을 더욱 발전시켜 하나로 열의 위력을 내게 만드는 것이었다.

내로라하는 무공의 천재들이 머리를 모았고, 십방철익진이 탄생했다. 방어를 주목적으로 하되 공격의 공능을 그대로 지닌, 단 일백 명만 있어도 일만의 병력이 포진한 적진을 관통하고 빠져나갈 수 있는 검진이 바로 십방철익진이었다.

그리고 십여 년이 지난 지금 십방철익진은 엉뚱하게 신궁이 아닌 정도 무림인들을 상대로 그 위력을 발휘하고 있었다.

정도무림의 무인들은 크게 딩황했다.

여러 차례의 격돌에도 불구하고 좀처럼 견고한 무천의 검진을 뚫지 못했기 때문이다. 그 와중에 사상자만 급속도로 늘어났다.

마교에는 공식적으로만 십만의 병력이 있다고 전해지는데 겨우 사백을 어쩌지 못하고 있으니 이를 어찌할 것인가. 그러고 보니 일만 발에 가까운 화살비를 퍼붓고도 겨우 일백밖에 쓰러뜨리지 못했다.

충천한 사기로 돌진했던 정도 무림인들은 점점 우려하기 시작했다.

그때 변화가 일어났다.

번쩍이는 섬광과 함께 한 가닥 막강한 경파가 무천의 검진을 벼락처럼 가르고 지나간 것이다. 그건 그야말로 땅 위에서 수평으로 친 번개라고밖에 표현할 수 없었다.

벼락의 궤적을 따라 수십 명이 피를 철철 흘리며 쓰러졌다. 벼락의 경파로 말미암아 철옹성 같던 십방철익진의 한쪽이 터져 나가 버린 것도 동시였다. 동에서 서로 가로지르고 간 벼락을 따라 한쪽 끝에 엽무백이 서 있었다.

팔마궁이 괴공 절학을 만들 동안 초공산 역시 놀고 있지만은 않았다. 그는 혈검조를 투입해 팔마궁의 움직임을 면밀히 관찰했고, 비록 한때이기는 했으나 엽무백 역시 그 선봉에 있었다.

십방철익진은 그때 이미 경험했다.

하지만 엽무백의 일격은 아직 끝난 게 아니었다.

엽무백이 돌연 천중을 향해 장창을 쭉 뻗었다. 순간, 그를 중심으로 막강한 경력의 소용돌이가 몰아쳤다. 호숫가 바닥에 깔린 모래가 소용돌이를 따라 솟구치더니 엽무백의 신형이 흔적도 없이 사라져 버렸다.

모래폭풍은 점점 거세져 십여 장 높이의 기둥을 만들었다. 그 모습이 흡사 용오름을 보는 것 같았다.

전장에 있던 모든 사람이 이 이적과도 같은 광경에 한순간 넋을 잃었다.

그때, 수직으로 모래폭풍이 돌연 폭탄이라도 맞은 것처럼 터지며 가까스로 형체를 유지하고 있던 십방철익진을 해일처럼 덮쳐 버렸다. 한순간 전장이 모래폭풍에 휩싸이면서 시야가 가려졌다.

꾸르르, 꽝꽝!

섬광이 번쩍이고 천둥이 쳤다.

"아아악!"

"크아악!"

곳곳에서 비명이 찢어지게 울렸다.

조금씩 흩어져 가는 모래바람 사이로 한 사람이 전장을 헤집고 다니는 것이 보였디.

엽무백이었다.

그가 한 걸음 한 걸음을 내디딜 때마다 붉은 피와 살점이 공중으로 흩뿌려졌다. 방원 십여 장이 순식간에 처참한 지옥도로 변해 버렸다.

적아를 막론하고 전장에 밀집해 있던 모든 사람은 경외하는 빛을 눈동자에 담았다. 그건 사신(死神)의 재래이자 일방적인 학살이었다.

전투는 또다시 새로운 국면을 맞았다.

갈가리 찢어진 십방철익진 사이사이로 당엽, 법공, 한백광, 칠성개, 청성오검, 조원원 등이 생존자들을 이끌고 뛰어들었다.

매화검수 문풍섭, 남궁옥이 일천여 명의 병력과 함께 그 틈을 파고들었다. 눈 깜짝할 사이에 호숫가는 적아가 하나로 뒤엉켰다. 십방철익진은 형태조차 찾을 수 없을 만큼 무너져 버렸고, 전장은 이제 아수라장이 되어버렸다.

그때부턴 혼전의 연속이었다.

오직 강한 자만이 살아남는 날것 그대로의 백병전이 시작된 것이다.

백병전에서 가장 두각을 나타낸 사람은 법공이었다. 죽을 고생을 해서 찾아온 금사도가 실은 사기였다는 것을 깨달았을 때부터 그의 피는 부글부글 끓고 있었다.

이도정을 기습했다가 단 일 수에 격퇴당한 일은 끓는 피에 기름을 부은 격이 되었다.

분기탱천한 법공은 두 자루 쌍곤을 폭풍처럼 난사하며 적진을 헤집었다. 뼁뼁 소리가 요란하게 울릴 때마다 무천의 고수들 머리통이 터져댔다.

일방적인 학살이 또 시작된 것이다.

하지만 법공은 만족하지 못했다.

그가 노리는 것은 이도정이었다.

무천의 고수 오백과 팔성군을 이끌고 온 수장이자 자신에게 치욕을 안겨준 장본인, 저 개자식의 대갈통을 기필코 터뜨려야만 맺힌 울분이 조금이라도 풀릴 것 같았다.

법공은 막아서는 적들을 닥치는 대로 쳐 죽이면서 적진의 중앙을 향해 돌진해 갔다.

하지만 속도는 오히려 점점 느려졌다.

적진의 중앙으로 갈수록 고강한 자들이 막아섰기 때문이다. 그러던 어느 순간 좌우로부터 세찬 검세가 엄습해 왔다.

땅, 따따다당!

불꽃 같은 다섯 합을 나누는 동안 법공은 손목이 욱신거리는 충격을 받았다. 엽무백과 동행을 시작한 이후 맹세코 이토록 고강한 내공의 소유자는 처음이었다.

법공은 대여섯 걸음을 물러난 후에야 비로소 상대를 바로 볼 수 있었다.

이삼 장의 거리를 두고 한 사내가 자신을 노려보며 서 있었다. 관자놀이를 향해 사납게 치솟은 검미가 인상적인 그는 일성군 이도정의 명을 받들어 혈랑삼대의 생존자들을 쓸어버렸던 바로 그 무천의 수장이었다.

"네놈이 혈영검 하웅백이라는 놈이렸다?"

법공이 퉁방울눈을 굴리며 물었다.

"십병귀를 따르는 잡졸 중에 미친 중놈이 하나 있다더니 네놈이로군."

"호오, 제법이군. 주둥이를 놀리는 거라면 이 몸도 어디 가서 앞줄을 양보하지 않는다만, 지금은 내가 좀 바빠서 말이지."

말과 함께 법공이 무소처럼 돌진했다.

하웅백이 검을 찌르며 튀어나왔다.

깡!

곤과 검이 허공에서 격돌했다.

법공은 다시 한 번 손목이 짜르르 울리는 고통을 경험했다. 이번에는 충분한 각오를 한 접전이었는데도 그랬다.

'어린 노무 새끼가 제법인데.'

장년이면 결코 어린 나이가 아니다.

오히려 자신보다도 훨씬 많다.

그럼에도 불구하고 어리다고 표현한 것은 하웅백의 내공이 장년의 나이를 감안하고도 너무나 고강했기 때문이다.

엄밀히 말해 무천은 팔마궁이 신궁과의 일전을 위해 십여 년 전부터 암암리에 육성해 온 전투 병단이었다.

숫자는 삼만, 팔성군은 그중 오백을 끌고 왔을 뿐이고 하웅백은 그 오백의 수장에 불과했다.

이 정도면 혈랑삼대나 철갑귀마대와 비슷한 병력과 무력이다. 한데 하웅백은 혈랑삼대의 총대주 화문강이나 철갑귀마대의 대주 금적무와는 비교도 할 수 없는 고수였다.

비마궁이 괴물을 길러낸 것이다.

따다다당!

아차 하는 순간 하웅백의 검초가 곤을 십여 차례나 두들기며 전권을 몰아붙여 왔다. 그 속도가 가공할 정도로 빠른데다 일초 일초에 담긴 위력 또한 예사롭지 않았다.

법공은 저도 모르게 속으로 '앗, 뜨거워라'를 외치며 연달아 세 걸음을 물러났다.

한데 그게 실책이었다.

무림의 격언 중에 일격(一擊)은 일 틈을 허용한다는 말이 있다. 하지만 노련한 실전의 고수들은 일퇴(一退)야말로 이 틈을 허용한다는 사실을 너무나 잘 안다.

하웅백은 섬전 같은 속도로 검을 깊숙이 찔러왔다. 법공은 상체를 새우처럼 바짝 굽히며 두 자루 곤을 가슴 앞에서 교차했다.

이렇다 할 초식도 없이 그저 본능이 이끄는 대로 펼친 임기응변이었다.

하웅백의 검초는 그만큼 빨랐다.

그의 임기응변은 더욱 빨랐다.

법공의 중심이 흔들리는 걸 확인한 하웅백은 질풍처럼 돌아서며 검을 바깥으로 휘둘렀다. 좁은 진폭 안에서 검초의 변화를 예상하고 반격을 가했던 법공은 크게 당황할 수밖에 없었다.

그사이 원을 그리며 회전한 하웅백의 검이 법공의 목을 정확히 잘라왔다. 평생 공포라곤 느껴본 적 없는 법공이었지만 지금 이 순간만큼은 온몸에서 소름이 끼쳤다.

'대주 따위에게 죽으면 억울한데!'

그 순간,

하웅백은 자신의 오른쪽 관자놀이를 향해 세차게 부딪쳐오는 한 줄기 바람을 느꼈다. 그대로 맞았다간 머리통에 구멍이 날 정도로 예사롭지 않은 바람이었다. 대경실색한 하웅백은 재빨리 검을 비틀어 바람을 튕겨냈다.

뼁!

소리와 함께 검과 바람이 격돌했다.

정확하게 말하면 바람을 일으킨 정체불명의 물체와 격돌했다. 그건 어이없게도 푸르죽죽한 죽봉이었다. 개방의 칠성개 신지화가 갑자기 끼어든 것이다.

"왜 남의 싸움에 끼어들고 지랄이야!"

법공이 빽 소리를 질렀다.

"적들이 몇 명 안 되니까 내 차례가 잘 안 오네. 그러지 말고 나도 같이 좀 싸우자."

"내가 먼저 맡았잖아."

"적에게 주인이 어딨어. 먼저 죽인 놈이 임자지."

말과 함께 칠성개가 죽봉을 질풍처럼 휘둘러 갔다. 법공도 질세라 두 자루 철곤을 폭풍처럼 난사해 갔다.

상황은 순식간에 역전되어 버렸다.

혼자일 땐 쩔쩔매던 법공이었지만 칠성개가 곁에서 엄호를 하자 그 위력은 몇 배로 강해졌다. 하웅백은 눈썹을 바르르 떨며 두 사람의 연수합격을 상대해 갔다.

법공, 칠성개, 하웅백이라는 세 명의 절정고수가 하나로 뒤엉키는 순간 막강한 경파가 장내를 폭풍처럼 쓸었다.

하지만 누구의 시선도 끌지 못했다.

지금 이곳에선 그만한 위력을 자랑하는 격돌이 곳곳에서 벌어지고 있었기 때문이다.

조원원은 빠른 신법을 이용, 적진의 측면을 파고들었다. 날카롭고 예리한 칼날이 배를 가르듯 적진을 가르고 빠지는 것이 그녀가 선택한 방식이었다.

물론 언제나 이런 식으로 싸우지는 않았다.

다만 무천의 무인들이 하나같이 일당백을 자랑할 정도의 일류고수들인 탓에 방식을 조금 바꿨을 뿐이다.

거기에 적진 중앙에 있는 보다 강한 적들을 상대해야 한다는 책임감이 있었다. 그녀 역시 정도무림의 생존자 중 고수에 속했고, 고수라면 고수를 상대해야 하지 않겠는가.

그게 적 고수의 손에 죽어가는 아군의 피해를 조금이라도 막는 길이다.

아니나 다를까, 팔성군의 무력은 엄청났다.

처음 무천의 고수들에게 모든 걸 내맡기고 뒷전으로 빠져 있던 팔성군은 싸움이 점점 거세지자 본격적인 반격에 나섰다.

그들은 진의 중앙을 기점으로 방원 십여 장의 공간을 종횡무진 누비며 돌발적으로 튀어나오는 정도무림의 무인들을 사정없이 척살했다.

실수란 없었다.

병장기가 번쩍일 때마다 서너 개의 목이 동시에 떨어졌다. 그 기세가 가히 폭풍 같기도 하고 벼락같기도 했다.

압도적인 숫자에 포위를 당한 상태에서도 그들은 결코 위엄을 잃지 않았다. 마치 수만 명이 겹겹이 에워싼다 한들 제한 몸 지키는 것은 어렵지 않은 것처럼.

그들에겐 그럴 만한 자격이 있었다.

무신이라 불리는 팔마궁의 궁주들과 천하제일인이었던 초공산의 진전을 고스란히 이은 괴물들이 아닌가.

그들에겐 세상이 온통 발아래로 보였을 터, 숫자 따위에 위축될 위인들이 아닌 것이다.

하지만 과연 그럴까?

천하제일을 말할작시면 조원원에게도 한 가지 내세울 게 있었다.

바로 유성하다.

구주팔황과 오호사해를 정복한 초공산도, 무신이라 불리는 팔마궁의 궁주들도 신법에 관한 한 해월루의 청산인에게 앞자리를 양보했었다.

조원원은 바로 그 청산인의 진전을 이었다.

천하제일인의 제자와 천하제일의 신법을 익힌 사람의 대결.

과연 어느 쪽이 유리할까?

조원원은 자신의 한계를 시험해 보고 싶었다.

살아남는다면 큰 진전을 보게 될 것이라고 확신했다. 무공의 발전 과정은 얼마나 높이가 아닌 얼마나 깊은 곳까지 가보느냐 하는 경험에 달린 것이니까.

그런 면에서 오직 죽기 살기로 싸울 수밖에 없는 팔성군과의 대결은 다시 오지 않을 절호의 기회였다.

그래서 엽무백으로부터 척후를 살필 때나 쓸 수 있는 애매한 동행이 아닌, 믿고 등을 맡길 수 있는 당당한 동료로 인정받고 싶었다.

"타앗!"

단숨에 적진을 파고든 조원원은 연검을 힘차게 뻗었다. 낭창낭창한 검신이 요란한 소리를 내며 무천의 고수가 내지른 검을 휘감았다. 거의 동시에 적의 옆구리에서 핏물이 훅 터졌다.

조원원이 신형을 바깥으로 빼며 검신을 그대로 흘린 탓이다. 조원원은 미처 쓰러지지도 않은 적의 무릎을 박차며 허공으로 솟구쳤다.

무천 최강의 고수 하응백과 난상으로 뒤엉키는 법공 너머로 팔성군이 보였다.

조원원은 때마침 자신을 공격해 오는 적의 검신을 귀신처럼 박차며 다시 한 번 솟구쳤다.

시 량의 힘에서 천 근의 반탄력을 얻는 이 수법의 이름은 강노지전, 강궁에서 쏘아진 화살이라는 이름처럼 조원원은 단숨에 적진 한가운데로 떨어졌다.

현재로선 자신이 적진의 가장 깊은 곳까지 침투한 사람이다. 조원원은 세차게 검을 휘둘러 갔다. 노리는 것은 짜증 가득한 얼굴로 서 있는 이성녀 신화옥이었다.

앞서 대망곡에서 이성녀에게 수모를 당한 적 있는 조원원은 이번 기회에 통쾌한 복수를 함과 동시에 자신의 실력을 가늠해 보고자 했다.

말하자면 자신의 한계를 시험하기 위해 이성녀를 제물로 삼은 것이다. 좀 더 솔직히 말하자면 자신은 아직 이성녀의 상대가 아니라고 생각했다.

하지만 무인의 싸움이 어디 나보다 약한 사람만을 상대로 한다든가. 때가 되면 보다 강한 사람을 꺾어야 하고, 그렇게 해서 이름도 얻고 성취도 한 단계 높이는 것이다. 그러나 조원원을 상대한 것은 이성녀가 아니었다.

깡!

세차게 찔러가던 조원원의 검이 막강한 경파와 부딪쳤다. 부드러운 연검이 부러질 듯 꺾이며 바깥으로 튕겨 나갔다.

검을 놓치지 않기 위해 조원원은 젖 먹던 힘까지 쥐어짜야 했다. 하지만 검을 튕겨낸 경력이 어찌나 강하던지 날갯죽지가 찢겨 나가는 듯한 고통을 느껴야 했다.

그게 끝이 아니었다.

막강한 경력으로 검의 방향을 꺾은 새로운 적은 무서운 속도로 조원원을 겁박해 왔다. 그는 언제나 그림자처럼 신화옥을 호위하는 곤륜사괴의 맏형 일괴였다.

압도적인 내공을 앞세운 일괴는 찰나의 틈도 허용하지 않겠다는 듯 시종일관 폭풍 같은 기세로 조원원을 공격해 왔다.

대경실색한 조원원은 무려 열 걸음을 도망치듯 물러났다. 이성녀를 잡기는커녕 손속 한번 섞어보지 못하고 물러났으니 낭패도 이런 낭패가 없다.

낭패는 그것으로 끝나지 않았다.

왼쪽으로부터 벼락같은 일도가 그녀의 옆구리를 찔러왔다. 다시 한 발을 더 빼 일괴의 용두장도를 흘려보낸 조원원은 연검을 바깥으로 휘둘러 묵직한 대감도를 가까스로 쳐낼 수 있었다.

따앙!

묵직한 충격과 함께 손목이 짜르르 울렸다.

창백한 인상의 이괴가 가세한 것이다.

뒤를 이어 귀두도를 든 삼괴, 거치도를 든 사괴가 퇴로를 막아섰다. 곤륜사괴가 모두 튀어나온 것이다.

그제야 조원원은 이성녀를 만나려면 곤륜사괴를 넘어야 한다는 사실이 생각났다. 이런 혼전 중에서조차 주군을 호위하려 들 줄은 생각지도 못했다.

아니다.

그게 아니다.

곤륜사괴는 단순히 이성녀를 지키려는 게 아니었다. 그들은 자신을 잡으려 하고 있었다. 며칠 전 대망곡에서처럼 자신을 잡아 인질로 삼으려는 것이다.

그렇지 않고서야 혼자 열을 상대해도 벅찬 상황에서 곤륜사괴와 같은 초절정의 고수 네 명이 한꺼번에 자신을 공격할리 없지 않은가.

'나를 인질로 삼아 활로를 모색하려는 거야.'

그럴 만도 했다.

전날 대망곡에서 엽무백은 수뇌부 전부를 이끌고 자신을 구출하러 왔다. 그건 역설적이게도 적들에게 인질로서 조원원의 가치를 증명한 셈이었다.

이번에도 그럴 것이다.

조원원을 사로잡기만 하면 이 싸움을 중지시킬 수 있다. 그게 신화옥의 생각이었다.

상황을 깨닫는 순간 조원원은 머리카락이 쭈뼛 섰다. 곤륜사괴는 단 한 명만으로도 혼자서 상대하기 벅찬 노강호들, 그런 자 네 명이 함께 덤비니 도저히 정신을 차릴 수가 없었다.

기어이 사고가 나고 말았다.

일괴의 용두장도와 이괴의 대감도를 가까스로 쳐내는 사이 삼괴의 귀두도와 사괴의 거치도가 무서운 속도로 전권을 파고든 것이다.

칼이 닿기도 전에 조원원은 정수리와 허리가 불같이 뜨거워지는 것을 느꼈다.

그 순간, 시커먼 그림자 하나가 좌측 옆구리 쪽에서 벼락처럼 솟구쳤다. 동시에 좌상방을 향해 검을 뻗었다.

스윽, 캉!

사괴의 거치도가 조원원의 머리를 아슬아슬하게 비켜 바깥으로 흘러갔다. 동시에 사괴의 머리통이 어깨로부터 분리되어 툭 떨어졌다. 결정적인 순간 거치도가 방향을 잃고 바깥으로 흘러 버린 이유가 여기에 있었다.

그사이 조원원의 옆구리를 노리고 오던 삼괴의 귀두도는 조원원을 대신해 그림자의 옆구리를 가르고 지나갔다.

그림자는 자신의 옆구리를 내주어 삼괴의 귀두도를 막는 한편, 일검을 휘둘러 사괴의 머리를 잘라 버린 것이다.

그림자는 중상을 입은 와중에도 조원원의 앞을 막아선 채 셋만 남은 곤륜사괴를 무섭게 노려보았다. 귀두도를 맞은 옆구리에서는 피가 철철 흐르고 있었다.

그는 당엽이었다.

조원원은 놀란 눈을 치켜떴다.

"괜찮소?"

당엽이 뒤도 돌아보지 않고 물었다.

"왜… 나를……!"

조원원은 말을 잇지 못했다.

"네놈이 또!"

"이번엔 기필코 죽이겠다!"

사괴의 죽음을 눈앞에서 목도한 곤륜사괴의 분노는 하늘을 찌를 듯했다. 누가 먼저랄 것도 없이 그들은 당엽을 향해 맹공을 퍼부었다. 한 자루의 검과 세 자루의 칼이 난상으로 얽히면서 막강한 기파가 좌중을 뒤흔들었다.

공방은 오래가지 않았다.

옆구리에 피가 철철 흐르는 중상을 입은 당엽은 단 오 초를 견디지 못하고 두 걸음을 물러났다. 그 틈을 타 성난 삼괴가 노도와 같은 기세로 당엽의 측면을 찔러왔다. 조원원은 반사적으로 튀어 나가며 삼괴의 귀두도를 쳐올렸다.

깡! 소리와 함께 귀두도가 방향을 잃고 바깥으로 흘렀다. 그 찰나의 순간에 이번엔 이괴의 대감도가 막강한 경력을 발산하며 조원원의 허리를 양단해 왔다.

일괴의 용두장도를 바쁘게 상대하던 당엽의 검이 도저히 그럴 수 없는 방향으로 꺾이더니 이괴의 내감도를 아래로 찍이 눌렀다.

따앙!

검과 칼이 부딪쳤는데 거대한 폭발음이 났다.

그 바람에 일괴의 용두장도로부터 뿜어져 나온 도강이 당엽의 어깨를 그대로 관통해 버렸다. 퍽! 소리와 함께 당엽의 왼쪽 어깨에서 핏물이 터졌다.

두 번이나 자신의 몸을 돌보지 않는 당엽의 행동에 조원원은 머릿속이 새하얗게 탈색되는 것 같았다.

'도대체 왜……?'

빈틈을 본 곤륜사괴는 맹공을 멈추지 않았다.

새파란 번갯불이 뻗치고 실처럼 가느다란 기운이 허공을 난도질했다. 일괴의 용두장도에서 뻗친 도강과 이괴의 대감도에서 뿜어져 나온 도기다.

도강과 도기를 자유자재로 뽑아내는 초절정의 고수를 언제 상대해 본 적이 있던가. 조원원은 모골이 송연한 와중에도 당엽의 곁에 찰싹 붙은 채로 죽을힘을 다해 연검을 휘둘렀다.

백척간두의 상황에 놓이면 한 번도 손발을 맞춰보지 않은 사람들끼리도 생각이 통하는 걸까? 아니면 나보다 상대의 안위를 걱정하는 마음이 생각을 하나로 연결해 주는 걸까?

두 사람의 연수합격은 톱니바퀴처럼 정교하게 맞물려 들어갔다. 그러나 분기탱천한 곤륜사괴를 상대하기에는 역부족이었다.

어느 순간 삼괴의 귀두도가 당엽의 심장을 썰어왔다. 그건 그야말로 섬광처럼 빨라 조원원으로서도 무얼 어떻게 해볼 틈이 없었다.

그때 좌측의 천중으로부터 새파란 벼락이 떨어지더니 삼괴의 귀두도를 묵직하게 때렸다.

따앙!

막강한 경력을 이기지 못한 귀두도가 새파란 불똥을 튀기며 바닥에 꽂혔다. 그사이 한 사람이 튀어나와 당엽과 조원원의 앞을 막아섰다.

문풍섭이었다.

그는 벼락처럼 돌아서며 일괴와 이괴를 향해 검을 겨누었다. 산발한 문풍섭이 피가 뚝뚝 떨어지는 검을 겨누는 모습은 흡사 지옥의 악귀가 현신한 듯 섬뜩했다.

"그를 안전한 곳으로 옮겨라."

"교두님……!"

전날 호중천에서 문풍섭은 정도무림의 생존자들에게 문파를 초월해 무공을 가르쳤다. 주로 대련을 통해 실전 경험을 익힐 수 있도록 하거나 무공의 기본에 관한 강론이었는데, 그마저도 사부와 사형을 잃고 떠도는 생존자들에겐 단비와 같았다.

조원원 역시 문풍섭에게 무공을 배웠다.

교두라는 호칭은 그때부터 붙은 습관이었다.

"어서!"

그때쯤 당엽은 제 몸을 가누지 못할 정도로 지쳐 있었다. 조원원은 당엽의 한 팔을 들어 자신의 어깨에 걸치고 부축하며 말했다.

"어서 가요."

"난 괜찮소."

당엽이 조원원을 밀어내고는 연거푸 말했다.

"아직 싸움이 끝나지 않았소."

"제정신이에요? 옆구리가 터졌는데 싸움은 무슨……."

조원원은 더는 듣지 않고 다시 당엽의 겨드랑이 아래로 들어갔다. 한 손으로는 그의 오른손을 잡아 자신의 어깨에 착 감고 다른 손으로는 옆구리를 힘껏 껴안았다.

무슨 똥고집인지 당엽은 끝까지 조원원에게 의지하려 들지 않았다. 하지만 평소라면 모를까, 부상당한 당엽의 완력은 조원원의 상대가 되질 못했다.

"계속 고집을 부리면 혈도를 짚어 끌고 가는 수도 있어요."

第二章 무신총(武神塚)

십병귀

혼세신교는 죽음을 삶의 이형태(異形態)로 본다.

때문에 교주들이 죽으면 목내이(木乃伊)로 만들어 그들이 생전에 거주하던 곳을 복제한 특별 장소에 안치한다.

교주로서 생을 마감한 자들이다.

그런 자들의 거처가 단순할 리 있나.

때문에 넓은 공간이 필요했고, 혼세신교에서는 지하 깊은 곳에 또 하나의 거대한 궁을 만들었다.

사람들은 이곳을 무신총(武神塚)이라 불렀다.

무신총은 죽은 자들이 사는 궁이다.

이승에 존재하지 않는 신령한 존재들의 거처. 하지만 그 영향력은 막강했다. 새로이 교주가 된 자는 이곳에 와서 대례를 올림으로써 정통성과 권위를 인정받았다. 신교의 운명을 좌우할 큰 사건이 벌어졌을 때도 역시 이곳에 와서 신탁을 받아야 했다.

그래야 십만 교도가 충심으로 따른다.

무신총은 죽은 자들의 세상이었으나 그곳으로부터 나오는 권력은 살아 있는 권력이었다.

해서 사람들은 이렇게 말한다.

'지상에 신궁이 있다면 지하에는 무신총이 있다.'

거대한 석회암 동굴을 개조해 만든 무신총에는 모두 일곱 개의 묘실이 있었다. 그곳엔 혼세신교의 개파조사이자 위대한 대종사였던 이극득리(伊克得里)를 시작으로 지금까지 거쳐간 일곱 교주의 존체가 생전에 쓰던 부장품과 함께 안치되어 있었다.

이들 묘실을 달리 천왕부(天王府)라고 한다.

혼세신교에서 교주는 하늘과도 같은 성스러운 존재인 탓이다. 일곱 개의 천왕부는 미로와 같은 통로를 통해 모두 무신총 정중앙에 있는 거대한 공동과 연결된다.

정확한 명칭은 배전(拜殿), 말 그대로 절을 하고 제를 지내는 공간이다. 성스러운 존재들의 영면(永眠)을 방해하지 않기 위해 산 사람은 이곳 배전까지만 입총이 허용되었다.

예외는 없다.

교주는 물론이거니와 신교의 인물 그 누구나 배전 이외의 공간엔 단 한 걸음의 발자국도 남길 수가 없다.

이는 고대로부터 이어져 온 지엄한 율법이다.

이를 어기는 것은 전대 교주들에 대한 권위를 정면으로 부정하는 것이며 신교의 사직에 대한 중차대한 도전이다.

율법을 어겼을 경우 쥐도 새도 모르게 죽는다.

신교에서 벌어지는 어떤 정치적인 일에도 관여하지 않은 채 오직 무신총만을 목숨으로 수호하는 미지의 세력 천무단(天武團)이 그 일을 행한다.

단원이 몇 명인지도 모르고 수장이 누구인지도 모르며 오직 그들 자신을 통해서만 비밀리에 맥이 이어져 오고 있다는 천무단은 무신총에 관한 한 교주와도 같은 절대 권력을 휘두른다.

배전이 대낮처럼 밝았다.

사방 벽면을 따라 일정한 간격으로 꽂힌 수천 개의 횃불은 괴수의 눈동자처럼 일렁였고, 전대 교주들의 위패를 모신 높다란 제단을 향해 이 열로 늘어선 일백 개의 청동화로는 무신총의 공기를 뜨겁게 달궈놓았다.

제단으로부터 십여 장 앞에 줄지어 선 청동화로의 가운데는 청석을 일 장 높이로 쌓아 만든 석대(石臺)가 있었다. 그 석대의 한가운데 황금빛 제의(祭衣)를 차려입은 팔대 교주 천제악이 성녀들의 도움을 받아 향을 사르며 천하를 관장하는 일백 개의 율법을 읊조리고 있었다.

율법 하나에 향이 한 대였다.

다시 말해, 향 하나를 사를 때마다 율법 한 가지를 말하는 것이다. 이는 혼세신교만이 하늘 아래 유일한 통치 권력임을 상징하는 의식으로 교주의 모든 권위가 바로 여기에서 나온다. 오직 교주가 된 자만이 율법을 입에 담고 행할 수 있기 때문이다.

천제악이 무릎을 꿇은 석단의 뒤쪽 십여 장 밖 커다란 공간에는 팔마궁의 궁주들을 비롯해 혼세신교의 문무제신(文武諸臣)이라 할 수 있는 일총, 일망, 사루, 칠당, 오원, 육대의 수장들과 휘하의 부장 삼백이 각자의 서열에 따라 도열해 있었다.

이들은 모두 서거한 전대 교주 초공산과 함께 구주팔황과 사해오호를 질타하던 고수들이었다. 신궁의 수호와 십병귀를 잡기 위해 떠난 몇몇 중요 수뇌들이 빠져 있기는 했지만, 사실상 신교를 좌지우지하는 권력자들이 모두 무신총에 집결한 셈이었다.

반대급부로 말을 하자면 신궁이 비어 있었다.

만박노사는 바로 이런 상황을 만들기 위해 십만대성회를 열었다. 그리고 무신총으로 들어오기 직전 흑월의 월주에게 혼세신교의 역사를 바꿀 한 가지 중차대한 지시를 내려놓았다.

그건 신궁에 잠입해 있는 모든 복검자를 일시에 제거하라는 것이었다. 복검자들은 평화 시 신궁에서 일어나는 모든 일을 팔마궁으로 나르는 정보꾼이었고, 전쟁 시 신궁의 명령 체계에 혼란을 가져올 강력한 암중 반역자들이다.

팔마궁의 궁주들이 없는 틈을 타 그들을 제거해야 한다.

지금까지 파악한 요직의 복검자들은 무려 삼백. 삼백의 간부들과 종횡으로 연결된 수하들까지 합하면 일천을 넉넉히 상회할 것이다.

그들을 제거하는 것으로 거사가 시작된다.

일단 거사가 시작되면 대륙 전역에서 올라온 일백의 지단주가 가세해 신궁에 집결한 팔마궁의 병력을 치게 된다.

한 명의 지단주가 작게는 몇백에서 많게는 일천에 달하는 수하를 거느린다. 거기에 신궁에 상주하는 삼만의 병력이 있으니 도합 십만의 병력이 팔마궁의 병력을 치는 셈이다.

그에 비해 십만대성회의 참여를 위해 팔마궁에서 신궁으로 들어온 병력은 겨우 일만을 헤아린다. 애초 전대 교주였던 초공산이 신궁 수호를 위해 각 궁마다 하사한 병력이 일천에 불과했다.

그 후 팔마궁이 암중에서 세력을 불렸음은 천하가 아는 사실이지만 십만대성회라는 교의 공식적인 행사에 그들을 이끌고 나타날 수는 없지 않겠는가.

결정적으로 팔마궁은 칠 주야 동안 이어지는 비무대회가 끝나기 바로 전날 신궁에서 거사를 일으키는 것으로 알고 있다.

이는 만박노사가 천망의 망주에게 슬쩍 흘린 정보다.

천망의 망주는 초공산 전대 교주가 오래전부터 은밀히 찾고 있던, 신궁에 잠입한 모든 복검자를 진두지휘한다는 복검왕이었다.

간자들을 발본색원해야 할 정보 집단의 수장이 오히려 그 간자들의 왕이었다니, 이 얼마나 허를 찌르는 배치인가.

팔마궁은 먹이를 덥컥 물었다.

그리고 신궁이 거사를 일으키기 하루 전에 역습을 가할 거라는 첩보를 입수했다. 하지만 신궁의 진짜 거사일은 비무대회가 시작된 첫날, 바로 오늘이었다.

그러니 팔마궁은 미리부터 병력을 신궁으로 집결해 의심을 살 이유가 없었다.

십만에 일만, 어느 모로 보나 이번 싸움은 신궁의 승리다.

결정적으로 팔마궁의 궁주들은 지금 이곳 무신총에 있다.

게다가 교주 천제악을 지지하는 삼백의 마군이 그들을 에워싸고 있다. 바깥에서 거사가 일어나는 순간 팔마궁의 궁주들은 즉각 인질이 되어버린다.

항복을 한다면 살 것이요, 저항한다면 오늘 이 자리에서 죽을 것이다. 팔마궁의 궁주들이 제아무리 무신이라 불린다고 한들 삼백이나 되는 절정고수를 상대로 싸워서 살아날 가능성은 단 일 할도 없다.

마지막으로 천무단이 있다.

신궁에서 일어나는 그 어떤 일에도 관여치 않지만 무신총에서 일어나는 일만큼은 좌시하지 않는다는 미지의 세력 천무단도 오늘만큼은 눈을 감기로 이미 약조가 되어 있다.

모든 준비가 완벽했다.

한데 만박노사는 골치가 아파왔다.

완벽한 자신의 계획에 한 가지 예상 못 한 돌발 상황이 벌어졌기 때문이다.

그건 팔성군의 부재였다.

팔성군의 종적이 묘연하다는 보고를 받은 건 십만대성회가 시작되고 반 시진쯤 지난 후였다. 그리고 무신총으로 들어오기 직전 그들 팔성군이 비무대회가 시작된 직후 신궁을 떠났다는 보고를 받았다.

팔성군은 교주와 같은 항렬의 존재들. 무신총에서 벌어지는 제례에 반드시 참석을 했어야 한다. 이는 적게는 교주의 권위에 대한 도전이고 크게는 신교의 율법을 짓밟은 중차대한 문제다.

그래서 이상한 것이다.

이처럼 대범한 일을 그냥 저지를 리 없지 않은가.

팔성군의 실종이라는 돌발적인 사건으로 말미암아 만박노사는 자신의 계획이 어긋나고 있다는 걸 느낄 수 있었다.

대체 어디로 갔을까?

무슨 작당들을 하고 있는 걸까?

행선지를 알면 그들의 목적도 알 수 있다.

하지만 무신총으로 들어온 지금 바깥과의 연락이 모두 두절된 터라 이후의 일을 알 수가 없었다. 무신총에서 제례를 지내는 한 시진 동안이 문제다.

이쯤 되니 처음엔 계산에 없었지만, 이제 와 생각하니 마음에 걸리는 일이 한 가지 있었나. 그선 지금 이 순간 신기자가 있는 장소다.

그는 신교의 교도이기 이전에 비마궁의 사람이었고, 교 내에서의 직위 역시 높지 않았다. 그 이유를 빌미로 만박노사는 신기자를 입총 명단에 넣지 않았다.

십만대성회를 열고 무신총에서 제례를 올리는 건 팔마궁

의 궁주들을 그들이 이끄는 주 병력으로부터 고립시키려는 의도도 있었지만, 궁주들과 신기자를 떼놓으려는 생각도 있었다.

한데 지금에 와서는 신기자가 신궁에 있다는 게 왠지 마음에 걸린다. 그가 무신총에 없는 건 전혀 부자연스러운 일이 아닌데, 한 시진 동안 자신이 손쓸 수 없는 영역에 있다는 건 계속 신경이 쓰인다.

'무슨 일이 벌어지고 있다.'

이건 논리적으로는 설명할 수 없는, 평생을 군사로서 살아온 노강호의 본능적인 느낌이었다.

하지만 이제 와서 돌이키기엔 늦었다.

지금쯤이면 흑월이 복검자들을 제거하기 시작했을 테고, 때를 맞춰 일백 지단주가 대병력을 이끌고 명운을 건 전투를 벌이고 있을 것이다.

모든 건 운명에 맡기는 수밖에 없다.

만박노사는 만약의 경우를 대비해 함께 무신총으로 들어온 사루, 칠당, 오원, 육대의 수장들에게 은밀히 눈짓을 보냈다.

그때쯤 석대 위의 천제악이 백 번째 향을 살랐다.

장장 한 시진에 걸친 의식이 끝나는 순간이었다.

제례를 돕던 시비들이 물러나자 천제악은 좌중을 향해 천천히 돌아섰다. 엄숙한 분위기에서 제례를 지켜보던 삼백 마군의 시선이 일제히 천제악을 향했다. 천제악은 한차례 좌중을 굽어본 후 팔마궁의 궁주들을 향해 말했다.

"바쁜 와중에도 시간을 내어주셨군요."

팔마궁의 궁주들은 그 어떤 대답도 하지 않은 채 묵묵히 자리를 지킬 뿐이었다. 교주가 말을 내렸는데 신하 된 자들이 아무런 반응이 없는 것은 큰 불충에 해당한다. 장내에 자리한 삼백의 마군에게서 살벌한 기도가 흘러나와 팔마궁의 궁주들을 압박해 갔다.

천제악은 그런 것쯤 예상했다는 듯 다시 말을 이어갔다.

"제가 오늘 이 자리에 오르기까지 여기 계신 외궁 궁주님들의 도움이 가장 컸지요. 만에 하나 여러분이 제가 아닌 삼사형을 지지했다면 어떻게 되었을까요?"

초공산이 죽고 난 후 스물일곱의 제자는 권좌를 놓고 피 튀는 전쟁을 벌였다. 이는 교적에 이름을 올린 사람이라면 누구를 막론하고 아는 내용이다.

하지만 널리 알려진 일이라고 할지라도 공개적인 석상에서 입에 올릴 수 있는 게 있고 아닌 게 있다. 성군들 간의 권좌 쟁탈전은 당연히 후자다. 전대 교주들의 위패를 모신 무신총에서 교주의 입을 통해 흘러나올 내용은 더더욱 아니었다.

"담소는 자리를 옮겨 나누시는 게 어떠신지요?"

만박노사가 말했다.

"모두 아는 얘긴데 두려울 게 무에 있겠습니까. 사실 우리끼리 얘기지만 여기 계신 궁주들께서 저를 지지해 주지 않았다면 저는 이미 오래전에 다른 사형들처럼 죽었을 겁니다. 그렇지 않습니까?"

삼백의 마군은 표정을 굳혔다.

뛰어난 지략에 오랜 시간 자신의 복심을 감출 줄 알 정도로 주도면밀한 천제악이었지만 역시 젊은 나이를 어쩌지는 못하는 모양이었다.

천제악은 지금 신교의 수반이라고 할 수 있는 삼백 마군이 모인 곳에서 스스로의 위엄을 깎아내릴 수 있는 치기 어린 발언을 했다.

교주는 신비롭고 성스러워야 하는 법. 장차 많은 사람이 오늘의 이 한마디 실수를 기억하게 될 것이다.

"궁주들께서는 어떻게 생각하시는지……?"

천제악의 목소리가 착 가라앉았다.

마지막 그의 질문은 상당히 도발적이었다.

그제야 삼백의 마군은 천제악이 지금 작심을 하고 팔마궁의 궁주들을 몰아붙이고 있다는 걸 깨달았다.

잠시 침묵이 흐른 후 비마궁주 이정갑이 말했다.

"공로를 알아주시니 고맙습니다."

이정갑의 목소리는 언제나 낮게 울리어 듣는 이로 하여금 무언가를 억누르게 하는 힘이 있었다. 초공산이 없었다면 칠대 교주가 되었을 사람. 당금 무림에서 적수를 찾을 수 없다는 거인의 대답은 이처럼 짧았다.

"알다마다요. 제가 죽기 전까지 어찌 그 큰 은혜를 잊겠습니까? 사실 나이로 보나 경륜으로 보나 이 자리는 저보다는 비마궁의 궁주께서 앉으셨어야 하는데 말입니다. 안 그렇습니까?"

바람 한 점 없는 무신총이었건만 화로의 불길과 천여 개의 횃불이 태풍을 맞은 것처럼 일렁였다.

천제악은 지금 마치 죄인을 심문하듯 비마궁의 궁주를 벼랑 끝으로 내몰고 있었다.

그것도 조롱이 뒤섞인 어조로.

팔마궁의 궁주들로부터 막강한 기파가 뿜어져 나왔다.

전대 교주였던 초공산이 죽고 난 후 무림을 통틀어 가장 강하다고 평가되는 팔 인의 부적자가 뿜어내는 기파는 가공하기 짝이 없었다.

삼백의 마군도 지지 않았다.

그들이 무신총에 들어온 것은 제례에 참여하기 위해서가 아니다. 바깥에서 신궁의 병력이 역도들을 모두 잡아들이는 동안 팔마궁의 궁주들을 인질로 삼기 위해서다. 애초 팔마궁의 궁주들을 압박하기 위해 자리한 만큼 삼백 마군도 살기를 끌어올렸다.

팔마궁의 궁주들과 삼백 마군에게서 뿜어져 나온 살기는 무신총의 드넓은 배전을 순식간에 살벌한 전쟁터로 바꿔 버렸다.

"교주께서는 신들에게 하실 말씀이 있나 봅니다."

제이궁인 벽력궁주 신풍길이 물었다.

만박노사는 살짝 얼굴을 굳혔다.

교주 천제악과 이정갑의 대화에 신풍길이 가세했다?

이 역시 불충하기 짝이 없는 행동이다.

팔마궁의 궁주들이 본시 고분고분한 자들은 아니었지만 이토록 많은 고수에게 둘러싸인 상태에서도 저렇듯 당당하게 나오는 것은 좀 의외였다.

천제악은 일 장이나 높은 단 위에서 신풍길을 한참이나 내려다보더니 품속에서 유지 한 장을 꺼내 휙 던졌다. 부드러운 종이가 비수처럼 날카로운 소리를 내며 십여 장 밖의 신풍길을 향해 날아갔다.

격공섭물(隔空攝物).

일 갑자 이상의 내공을 익히고도 오룡봉성(五龍奉聖)의 경지에 이르러서 비로소 가능한 재주다.

신풍길은 가볍게 한 손을 뻗어 유지를 낚아챘다.

신풍길은 유지에 적힌 내용을 읽고도 표정의 변화가 없었다. 유지는 신풍길의 손안에서 화르륵 소리를 내며 타더니 한 줌의 재가 되어 사라져 버렸다.

삼매진화(三昧眞火).

삼화취정(三華聚頂)의 경지에 오른 자만이 펼칠 수 있는 신기다.

고래로 무인들은 정사마를 막론하고 무공의 경지를 열두 단계로 나누었다. 이 열두 단계는 다시 무공의 숙련 정도를 나타내는 하육단계와 숙련을 넘어 깨우침의 깊이를 말하는 상육단계로 나뉜다.

상육단계의 첫 번째는 다섯 마리의 용이 내단을 물어 중단전으로 이동하는 경지, 즉 중단전이 열리는 오룡봉성이다. 두 번째는 다섯 마리의 용이 정수리로 올라가 생사현관이 타통되는 오기조원(五气朝元), 세 번째는 정기신이 하나로 통일되어 그야말로 거칠 것이 없는 삼화취정(三華聚頂), 네 번째는 기운이 안으로 갈무리되어 무공을 익히지 않은 평범한 사람처럼 보인다는 반박귀진(返撲歸眞), 다섯 번째는 기운을 갈무리하는 수준을 넘어 다시 거슬러 올라 마침내는 젊은이가 된다는 반로환동(返老還童), 그리고 마지막 여섯 번째가 인간이 다다를 수 있는 한계의 경지라는 등봉조극(登峯造極)이다.

등봉조극을 일컬어 인간으로서는 더는 오를 곳이 없다는

뜻에서 출신입화지경(出神入化之頃)이라고도 한다. 이때부터 인간은 더는 인간이 아니게 된다. 초공산은 오십 세에 이미 등봉조극의 경지에 올라 천하를 평정했다.

천제악과 신풍길이 각각 격공섭물과 삼매진화를 보여주었다고 해서 그들의 무공이 오룡봉성과 삼화취정의 경지에 머물렀다고 볼 수는 없다.

신교에서 교주와 궁주의 지위를 차지한다는 것은 그리 호락호락한 일이 아니다. 실제로는 훨씬 더 높은 단계를 유영하고 있다.

중요한 건 그들 두 사람이 은연중에 무공의 대결을 펼침으로써 싸움을 시작했다는 것이다.

천제악은 한 점의 동요도 없이 뒷짐을 지고는 석대 위를 동에서 서로 오가며 시를 읊듯 읊조렸다.

"'세상 끝에서 별들이 모여들어 닷새 밤을 새우고 나면 동쪽에서 해가 솟아오르니 그때의 해는 어제의 해가 아닐 것이다.' 십만대성회가 시작된 첫날 신궁의 요직을 차지하고 있는 일부 고수에게 은밀히 전해진 유지입니다. 유지를 받은 자들은 그 자리에서 씹어 삼켜 버리고는 흔적을 없앴지요. 다행히 뇌총의 총주께서 한 놈의 배를 갈라 꺼낸 후 반 시진에 걸쳐 잇고 붙여서 복원한 것입니다. 벽력궁주께서는 아는 바가 있으신지?'

천제악이 걸음을 멈추고 신풍길을 향해 시선을 던졌다.

"글쎄요."

신풍길은 시치미를 뚝 뗐다.

그의 모습 어디에서도 두려워하거나 곤란해하는 기색은 찾아볼 수 없었다. 천제악은 빙긋 웃고는 다시 걸음을 옮기며 말을 이어갔다.

"제 생각에 신궁에는 신궁의 사람이면서 신궁의 사람이 아닌 자들이 있는 것 같습니다. 말하자면 뱃속에 든 칼과도 같은 자들인데, 누군가 이들에게 밀명을 내렸어요. 세상 끝에서 별들이 모여들어 닷새 밤을 새운다고 함은 십만대성회 동안 벌어지는 비무대회를 말하는 거겠지요. 한데 비무대회는 닷새만 이어질까요? 다음날 떠오르는 해는 어제의 해가 아니라는 건 또 무슨 말일까요? 닷새째 되는 날 밤에 무슨 일이라도 벌어지는 걸까요?"

천제악이 다시 걸음을 멈추고 신풍길을 보았다.

"그것참, 귀신 곡할 노릇이군요."

신풍길은 여전히 딴청이었다.

천제악은 소리 나도록 콧방귀를 뀌고는 말했다.

"참으로 뻔뻔하군."

신풍길의 얼굴이 그제야 묘하게 뒤틀렸다.

거사 날짜가 들통 나서가 아니라 불손하기 짝이 없는 천제악의 태도가 못마땅해서였다.

천제악이 이번엔 이정갑을 가소롭게 내려다보며 말했다.

한층 싸늘해진 음성이었다.

"궁금한 게 있소이다. 처음부터 궁주가 권좌에 오르지 않은 것은 나로 하여금 삼사형과 대신 싸우게 하기 위함이었을 테지요? 왜 그러셨소이까? 직접 싸웠어도 충분히 승산이 있었을 것을."

천제악의 이 질문은 지금까지 피아가 알면서도 모르는 척했던, 애써 언급하지 않았던 모든 관계를 까뒤집어 버리는 것이었다.

이쯤 되면 이정갑도 더는 시치미를 떼지 못하리라.

잠시 쥐 죽은 듯한 침묵이 흐른 끝에 이정갑의 입이 무겁게 열렸다.

"신룡군(神龍君)은 목숨으로 따르는 수하들이 많았습니다. 용병(用兵)과 치술(治術)에 밝았으며, 신교에서 가장 강한 열두 개의 힘 십이지천(十二支天)을 손에 넣었지요. 그 힘이면 신궁을 쓸어버릴 수도, 다시 세울 수도 있었습니다. 그가 그 힘을 얻을 수 있었던 것은 덕이 높았기 때문입니다. 십만 교도를 품을 수 있는 덕이야말로 교주의 가장 중요한 조건이지요. 그런 자를 제거하고 차지한 권좌가 오래갈까요?"

"나로 하여금 대신 지탄을 받게 했다……?"

"그렇습니다."

"그래서 달라진 게 있었소이까? 나는 막강한 권력을 지녔고 천하의 누구도 감히 나를 향해 손가락질을 하지 못하오. 힘이야말로 가장 강한 덕인 것이오."

"그래서 창룡군(蒼龍君)의 천하는 짧을 수밖에 없는 것이외다."

창룡군은 천제악의 성군 시절 별호다.

이제 교주가 된 그를 창룡군이라 불렀으니 이정갑은 신성을 모독했다. 교도가 저지를 수 있는 가장 큰 죄악, 목숨으로 값을 치른다고 해도 할 말이 없다.

하지만 천제악은 빙긋이 웃었다.

어차피 목숨으로 값을 치르게 할 작정이었다는 듯.

"그나저나 세작을 많이도 심어놓았더이다."

"육십 년은 긴 세월이지요."

두 손을 모으고 고개를 숙이던 지금까지와 달리 이정갑은 당당히 어깨를 펴고는 천제악을 똑바로 노려보았다.

육십 년은 초공산이 교주로서 철권을 휘두른 세월을 말한다. 육십 년 전에 초공산은 팔마왕으로 불리던 여덟 사형제에게 외궁을 지어주고는 바깥으로 내쫓아 버렸다.

그 육십 년의 세월 동안 팔마궁은 신궁에 적지 않은 세작을 심고 세를 확장하며 사실상 음지에서 신궁을 좌지우지한 것이다.

"육십 년이라……. 정말 오래되었군. 이러니 뭘 하나 바꾸려고 해도 팔마궁의 허락 없이는 제대로 되는 게 있나."

"바로 그 힘으로 창룡군을 권좌에 올릴 수 있었지요."

"이제는 그 힘으로 나를 끌어내리려 하고?"

"순순히 내놓으시겠습니까?"

"그럴 수야 있나요. 천만다행으로 사부께서도 지난 육십 년 동안 놀지만은 않으셨더군요. 귀하들께서 신궁에 심어놓은 세작을 제법 소상히 파악하셨더란 말입니다. 덕분에 저는 일이 아주 수월해졌지요. 지금쯤이면 흑월의 칼날이 그 간악한 것들의 목을 베고 있겠군요."

좌중이 찬물을 끼얹은 것처럼 고요해졌다.

무신총에 모인 삼백의 마군 중 이 작전을 정확히 알고 있는 사람은 열 명이 채 안 된다. 천망과 흑월이 빠진 사루(四樓), 칠당(七堂), 육대(六隊), 오원(五園)의 수장들이 바로 그들이다.

나머지 사람들은 뭐가 어떻게 돌아가는지도 모르는 채 오직 상관의 명령만 따를 뿐이었다.

한데 이제 한 가지는 알겠다.

흑월이 복검자들을 처단하고 있었던 것이다.

막연하게 짐작은 하고 있었지만 과연 치밀한 작전이다.

복검자들은 신궁에 퍼져 있는 팔마궁의 신경망과도 같다. 거사를 일으키려면 가장 먼저 그 신경망을 끊어놓아야 한다.

경천동지할 내용을 말했음에도 팔마궁의 궁주들은 전혀 놀란 얼굴이 아니었다. 천제악의 태도가 달라지는 순간 이미 분위기를 감지한 탓일까?

아니다.

뭔가 말로는 설명할 수 없는 불편함이 만박노사의 심기를 계속해서 건드리고 있었다.

그때, 무신총의 입구 쪽에서 와자지껄한 소란이 일어나더니 한 사람이 배전으로 이어지는 통로를 따라 다급하게 들어왔다.

가슴에서 피를 철철 흘리는 그는 이번 거사를 위해 간밤에 갑작스럽게 귀환, 일천 병력과 함께 신궁의 모처에서 대기하고 있던 흑풍대의 일조장 권오갑이었다.

지금쯤 흑월과 함께 복검자들을 제거하는 데 총력을 기울여야 힐 흑풍대의 조장이 왜 갑자기 지엄한 율법을 어겨가며 무신총으로 뛰어들어 온 것인가.

더구나 상처까지 입은 채로.

좌중이 태풍을 맞은 것처럼 술렁이는 가운데 권오갑이 무릎을 털썩 꿇었다.

"기습을 당했습니다."

"그게 무슨 소린가!"

천제악이 진노해 소리쳤다.

"매복이 있었습니다. 사람들의 시선이 비무대회에 쏠려 있는 사이 신궁 바깥에 매복해 있던 오만의 병력이 기습적으로 침입, 이미 신궁에 들어와 있던 병력과 결탁하여 궁 내의 주요 장원을 휩쓸고 있습니다. 사루, 오원, 육대, 칠당의 병력과 중원 전역에서 몰려온 지단의 병력이 맞서고 있기는 한데 한치 앞을 예측할 수가 없는 상황입니다."

팔마궁의 병력이 어느 정도인지는 이미 파악을 했다.

그랬기에 십만대성회를 열어 그 많은 병력을 동원할 명분을 주지 않은 채 팔마궁의 궁주들과 그들을 수호할 소수의 인원만 입궁을 허락했다.

한데 그들이 신궁 바깥에 매복을 했었다고?

그 말이 사실이라면 팔마궁이 복검자들에게 돌린 유지와는 달리 닷새나 앞서 거사를 일으켰다는 뜻이 된다. 다시 말해 만박노시가 입수한 유지는 가짜였다. 팔마궁의 간교한 속임수에 놀아난 셈이다.

무신총의 공기가 또 한 번 태풍의 소용돌이 속에 휩싸였다. 모두가 당혹감을 감추지 못하고 있는 가운데 천제악이 냉엄하게 물었다.

"그 말은 우리가 밀리고 있다는 뜻인가?"

"밀리지는 않지만 승기를 잡지도 못하고 있습니다. 당분간 팽팽한 접전이 벌어질 듯합니다."

십만 대 오만의 싸움이 어찌하여 팽팽하게 이어진다는 건지 이해를 할 수가 없다. 아직 전투의 초반인지라 균형이 무너지지 않은 탓일까?

그렇다고 해도 이건 큰 문제다.

도합 십오만이라는 어마어마한 병력이 어느 한쪽의 일방적인 승리로 끝날 때까지 생사 대결을 펼친다면 결국엔 공멸을 면치 못하리라.

오랜 세월 뼈를 깎는 인내로 권좌에 올랐건만, 그 권좌에 권위를 더해줄 교도가 없다면 무슨 소용 있으리오. 그건 팔마궁도 마찬가지였다. 오래전부터 예견되어 왔던 신궁과 팔마궁 간의 명운을 건 전투는 이렇게 느닷없이 시작되어 버렸다.

"흑월은!"

천제악이 다시 물었다.

목소리기 힌층 다급해져 있었나.

현재 흑월이 보유한 병력은 일천에 달한다.

여타의 타격대를 기준으로 해도 적지 않은 병력인데, 구성원 하나하나의 무공이 신궁에 속한 그 어느 조직과도 비교할 수 없을 정도로 고강하다면 더 말해 무엇하리오.

흑월의 고수 한 명의 위력은 타격대의 병력 열 명과 맞먹는다. 그런 고수가 일천이니 능히 일만의 위력을 낼 수가 있었다.

전대 교주였던 초공산이 혈검조를 이용하여 자신의 정적을 숙청하고 안위를 지켰던 것처럼 천제악 역시 흑월을 기르고 육성하는 데 전폭적인 지원을 아끼지 않았던 까닭이다. 흑월이 제 실력을 발휘해 준다면 언제든 균형을 무너뜨릴 수 있으리라.

"흑월이 길을 열어주고 있습니다."

"그게… 무슨 소린가?"

"속았습니다. 흑월의 월주가 복검왕(腹劍王)이었습니다."

"그럴 리가……!"

천제악과 만박노사를 비롯해 무신총의 배전에 집결한 삼백의 마군은 머리가 노래지는 것 같았다. 천제악을 누구보다 가까운 곳에서 보필하며 수많은 정적을 제거해 준 흑월주가 복검왕이었을 줄이야.

수하 한 명의 목숨을 놓고 비슷한 성격을 지닌 비마궁의 잔살과 자존심 대결을 하던 흑월이다. 만박노사의 명령에 따라 복검자들을 색출하고 살생부를 작성한 곳도 흑월이다.

한데 그 모든 것이 만박노사와 천제악의 신뢰를 얻기 위한 간교한 속임수였던 것이다. 그리고 지금 결정적인 한 방으로 만박노사와 천제악의 뒤통수를 치고 있다.

사람들은 팔마궁의 저력과 치밀함에 모골이 송연해졌다. 팔마궁이 신교를 사실상 좌지우지한다는 세간의 소문이 사실이었다. 육십 년은 짧은 세월이 아니라는 이정갑의 말이 갑자기 서늘하게 느껴졌다.

만박노사는 작금의 상황을 받아들일 수가 없었다.

이는 명백히 자신의 실수다.

어찌하여 상황이 이렇게까지 되도록 아무런 징후를 알아차리지 못했단 말인가. 흑월의 월주 때문이다. 그 간악한 자가 자신의 눈과 귀를 오래전부터 통제했던 탓이다. 그 배후에는 당연히 신기자가 있을 것이다.

'빌어먹을!'

하지만 아직 늦지 않았다.

바깥에서 제아무리 전쟁이 벌어진다고 해도 결국 대사를 결정짓는 건 우두머리들의 싸움이다. 팔마궁의 궁주들이 무신총에 인질로 잡혀 있는 이상, 상황은 언제고 다시 역전시킬 수 있었다.

"간악한 배덕의 무리를 단죄하라!"

만박노사가 천제악을 대신해 쩌렁하게 외쳤다.

삼백의 마군이 일제히 병장기를 뽑아 들었다.

차차차차차차창!

한때 구주팔황과 오호사해를 질타하던 삼백 개의 병기가

새파란 빛을 발하며 팔마궁의 궁주들을 겨누었다. 반역의 증거가 명명백백하게 밝혀진 이상 더는 망설일 이유가 없었다.

"한 방을 제대로 먹었군요."

천제악이 말했다.

그는 여전히 석대 위에서 오만한 자세로 이정갑을 굽어보고 있었다.

"다시 묻겠소. 이제라도 권좌에서 순순히 내려오시겠다면 전 교주에 대한 예우와 함께 편안한 여생을 보장해 주겠소."

이정갑이 말했다.

말투가 어느새 반공대로 바뀌어 있었다.

"팔마왕의 무공이 하늘을 찌른다는 얘기는 들었지. 하지만 겨우 여덟으로 여기 있는 모두를 당해낼 수 있다고 생각하시오?"

"안타깝군. 마지막 기회였는데."

천제악을 비롯해 배전에 집결한 모두의 표정이 묘하게 뒤틀렸다. 겹겹이 포위를 당한 상태에서도 여전히 여유만만한 이정갑의 태도에서 무언가 또 다른 안배가 있음을 직감한 것이다.

그때였다.

전대 교주들의 존체를 모신 일곱 개의 묘실과 이어지는 시커먼 통로로로부터 새파란 불똥이 하나둘씩 생겨나기 시작했다. 두 개가 하나의 쌍을 이룬 그것은 분명 살아 있는 무언가의 안광이었다.

잠시 후, 어둠 속으로부터 안광의 주인들이 등장했다.

팔다리가 하나씩 잘려 나간 자들부터 시작해 얼굴이 백지장처럼 하얀 자, 온몸에서 피고름이 흘러내리는 자, 사지의 비율이 비정상적인 자들까지 온갖 괴물들이 누추하기 짝이 없는 복장으로 나타났다.

병기를 따지자면 더욱 괴이했다.

흔한 도검창을 비롯해 조(抓), 차(杈), 당(鐺), 산(鏟), 파(鈀)와 같은 강호사에 좀처럼 등장하지 않았던 기형이병들이 쉬지 않고 튀어나왔다.

그중 한 사람을 누군가가 알아보고 나직하게 신음했다.

"소요염객(逍遙髥客)……!"

소요염객은 그 별호에서 알 수 있듯 천하를 떠돌며 수많은 기행과 이적을 보인 미치광이 전대 고수다. 뒤를 이어 곳곳에서 전대 고수들의 명호가 신음이 되어 흘러나왔다.

"색도광(色賭狂)……!"

"만패불성(萬敗不聖)……!"

"섭혼광인(攝魂狂人)……!"

"혈천마녀(血天魔女)……!"

"황산성모(黃山聖母)……!"

"일지마혼(一指魔魂)……!"

"비발동자(飛鉢童子)……!"

"천외신마(天外神魔)……!"

"청살귀존(靑煞鬼尊)……!"

반백 년 전 혼세신교가 북방 새외를 정벌할 당시 일세를 떨어 울리던 전대 노마두들의 명호가 끝도 없이 흘러나왔다.

마침내 사위가 조용해졌을 때 모습을 드러낸 노마두들의 숫자는 일백에 육박했다. 가히 일국을 무너뜨리고도 남을 만큼의 엄청난 무력. 무신총의 배전은 삽시간에 그들이 뿜어내는 기파로 가득 차버렸다.

좌중의 공기가 무겁게 짓눌리는 가운데 어디선가 괴이한 소리가 울리기 시작했다.

또각, 또각, 또각…….

철부지 아이가 나막신을 신고 걷는 것 같기도 하고, 누군가 막대기로 벽을 치면서 걷는 것 같기도 한 그 소리는 점점 가까워졌다.

이윽고 그 소리의 주인도 모습을 드러냈다.

오 척 단구에 거친 갈의를 입은 그는 세수를 짐작할 수 없을 만큼 늙은 노인이었다. 너덜너덜한 소매 사이로 드러난 손목과 손가락은 앙상한 소나무 뿌리를 연상시켰고, 머리카락은 죄다 빠져 몇 가닥 남지도 않았다.

소리는 그의 손에 들린 작은 지팡이로부터 난 것이었다.

노인은 지팡이에 의지하지 않고는 제 몸을 가누지 못할 정도로 허리가 구부러져 있었다.

늙었다. 늙었다 해도 이렇게까지 늙은 사람을 보기란 정말 드물었는지라 사람들의 놀라움은 컸다. 한데 더욱 놀라운 말이 누군가의 입을 통해 신음처럼 흘러나왔다.

"명왕(冥王)……!"

명왕은 명계의 계주를 달리 일컫는 말이다.

혼세신교에게 굴복한 북방 새외의 마교 종파들, 그들이 모여 산다는 명계의 계주가 바로 저 늙은이다. 세와 전쟁이라면 모르나 무공이라면 초공산에게도 앞자리를 양보하지 않았던 무적의 고수!

초공산을 제외하고는 그 누구도 만나주지 않았다는 전설의 인물이 그를 따르는 명계의 수많은 노마두를 이끌고 혼세신교의 전대 교주들을 모신 무신총에 모습을 드러낸 것이다. 그것도 성스러운 신교의 교수조차도 함부로 드나들 수 없다는 일곱 개의 묘실로부터.

명왕과 노마두들의 등장은 고요하던 무신총을 폭풍 속에 던져 놓았다.

"천무단은 어디에 있는가! 어찌하여 외인이 신교의 성지를 침범했는데도 두고만 보고 있단 말인가!"

만박노사가 발작적으로 외쳤다.

명왕과 그가 이끌고 온 전대의 노마두들은 전날의 맹약에 의해 금제된 자들. 그런 자들이 명계를 벗어난 것으로도 모자라 혼세신교의 성지인 무신총, 그것도 일곱 묘실에 매복했는데도 불구하고 천무단은 어찌하여 아무런 조치를 취하지 않았단 말인가.

그러자 무신총의 입구로부터 천(天) 자가 새겨진 흑의 무복에 복면을 눌러쓴 한 무리의 무인들이 등장했다. 숫자는 일백. 복면에 뚫어놓은 두 개의 구멍으로부터 섬뜩한 안광이 뿜어져 나오는 그들은 눈 깜짝할 사이에 무신총을 나가는 유일한 통로를 막아서 버렸다.

천무단이었다.

그중 한 사람이 앞으로 걸어 나왔다.

천무단의 단주였다.

그는 삼백의 마군에게 겹겹이 포위를 당한, 그럼에도 불구하고 시종일관 위엄을 잃지 않고 있는 비마궁주 이정갑을 향해 공손히 포권지례를 해 보였다. 그가 숙였던 허리를 펴는 순간, 돌연 매서운 눈으로 사위를 굽어보며 외쳤다.

"새벽이 올 때까지 단 한 명도 통과시키지 마라! 이는 구대교주님의 지엄한 명령이시다!"

천제악은 팔대 교주다.

한데 천무단주는 구대 교주를 언급했다.

이는 새로운 교주를 받아들였다는 의미다.

처음엔 흑월의 월주, 다음엔 명계, 그리고 지금은 신교에서 일어나는 그 어떤 정치적인 사건에도 관여하지 않고 오직 무신총만을 지킨다는 미지의 세력 천무단까지 배신을 한 것이다.

철저하게 능욕당했다.

"이럴 수가……!"

만박노사는 온몸을 사시나무처럼 떨었다.

팔마궁은 만박노사가 생각했던 것보다 훨씬 오래전부터 오늘의 일을 준비했다. 아주 작은 것에서부터 하나씩 차근차근. 만박노사와 천제악은 팔마궁의 손아귀에 놀아난 광대에 지나지 않았다. 그런 것도 모르고 한때나마 천하를 가슴에 품었다니.

천제악의 편에 서서 지금까지 고락을 함께해 왔던 삼백의 마군 역시 커다란 충격에 휩싸였다. 어쩌다 일이 이 지경까지 되었는지 모르겠지만 지금은 살아서 무신총을 나간다고 장담하기 어렵게 되었다.

"귀하는 신교와 맺었던 피의 맹약을 잊었단 말이오!"

천제악이 명왕을 향해 발작적으로 소리쳤다.

바깥에서 전쟁이 일어났고 흑월이 배신했다는 말에도 평

정을 유지하던 그이지만 명왕과 노마두들이 등장하는 순간에도 평정을 유지할 수는 없었다.

순간, 명왕이 고개를 살짝 들어 천제악을 똑바로 노려보았다. 천제악은 얼음으로 만든 두 자루 칼날이 날아와 자신의 두 눈에 박히는 듯한 충격을 느꼈다.

명왕이 말했다.

"피로 맺은 맹약은 피로 고치는 법이니라."

"무슨 뜻이오?"

"오늘이 지나면 명계는 금제에서 풀려나게 될 것이다."

천제악이 사납게 고개를 꺾어 이정갑을 노려보았다.

팔마궁이 명계를 불러낸 조건이 바로 이것이다.

자신들을 치는 데 힘을 실어주는 대가로 이정갑은 맹약의 금제를 풀어주겠다고 약속한 것이다. 명왕과 초공산 전대 교주 사이에 체결된 피의 맹약은 오직 교주만이 풀 수 있다.

하지만 지금의 교주는 천제악이다.

천제악을 치는 것은 분명 맹약을 깨뜨리는 것이다.

이는 명계는 물론 명계의 명예와도 직결된 문제다.

하지만 이곳 무신총은 외부와 철저하게 단절된 곳이다.

명계가 천제악과 그 수반을 몰아내는 데 핵심적인 역할을 했다고 해도 아무도 알 수가 없다. 이후 이정갑이 적절한 시기에 명계에 내려진 금제를 풀어주면 모든 게 끝난다.

천제악은 어금니를 빠드득 갈았다.

자신이 그렇게 만나기를 청해도 거절하던 오만한 인간이 그새 팔마궁과 붙어먹고 있었을 줄이야. 명계의 개입을 고려하지 않은 것은 실책 중의 실책이었다.

팔마궁의 궁주들은 전날 초공산을 도와 북방 새외의 마교 종파들을 초토화시킨 장본인들, 명계가 워낙 도도한 집단인 데다 팔마궁의 궁주들과는 철천지원수라는 걸 알기에 안일하게 생각했던 게 패착이다.

'빌어먹을……!'

"궁주, 이제 그만 시작하시는 게 어떻소이까? 습해서 그런지 뼈마디가 쑤시는구려."

명왕이 말했다.

이정갑은 명왕을 향해 정중한 포권지례를 올렸다.

그가 굽혔던 허리를 살짝 펴는 순간 두 눈에서 가공할 화염이 쏟아져 나왔다. 돌변한 이정갑의 기세에 장내의 횃불과 화로의 불빛이 크게 요동쳤다. 이정갑의 입에서 천둥 같은 사자후가 나온 것도 동시였다.

"사부를 죽이고 신교의 질서를 어지럽힌 저 패륜무도한 자와 그를 따르는 무리를 모두 처단하라!"

천제악의 입에서도 사자후가 터져 나왔다.

"용감히 맞서라! 살아남는 자, 나와 함께 영광을 누릴 것이다!"

이전에도 없었고 이후로도 없을 초절정고수 수백의 생사 대결은 이렇게 해서 시작되었다. 혼세신교가 구주팔황과 오호사해를 정복한 지 십 년째 되던 어느 날, 전대 교주들의 신령을 모신 무신총에서 있었던 일이다.

하지만 그날 무신총에 있었던 사람 중 몇 달 전 누군가가 똑같은 방식으로 자신들을 제거하려 했었다는 걸 아는 사람은 아무도 없었다. 그가 바로 엽무백이며 장벽산의 거절로 말미암아 무산되었다는 것도.

第三章

개전(開戰) 二

十兵鬼

혼전이 벌어지는 와중에도 호수의 물은 점점 불어났다. 불타는 목옥 마을과 호수 사이의 공간이 좁아지자 남궁옥이 이끌고 온 정도무림의 병력 중 절반은 물에 발을 담근 채 싸움을 벌일 정도였다.

당소정은 처음 금사도로 왔을 때 있었던 목옥의 폭발로 부상을 당한 사람들을 보다 위쪽으로 옮겼다.

부상자들을 모두 옮긴 후에도 그녀는 전투에 참여할 수 없었다. 개방의 왕 장로와 진자강 등이 무천과의 전투 중에 생긴 아군 쪽 부상자들을 쉴 새 없이 업어다 날랐기 때문이다.

전투에 참여하는 것과 부상자들을 치료하는 것 중 어느 쪽이 우선일까?

당소정은 엽무백이 이끄는 정도무림의 별동대에서도 다섯 손가락에 꼽히는 절정고수였다. 그녀가 나선다면 전력에 막강한 보탬이 될 것은 자명했다.

하지만 당소정은 부상자들을 치료하는 쪽을 택했다. 적 열 명을 죽이는 것보다 아군 한 명을 살리는 것이 훨씬 중요하다고 판단했기 때문이다.

마교의 고수들은 십만을 헤아리지만 정도무림의 생존자들은 대륙을 통틀어도 수천을 넘기 어려울 것이다.

게다가 지금의 전투는 이변이 없는 한 정도 무림인들의 승리로 끝난다. 굳이 자신까지 나설 이유가 없었다.

수적인 셈을 떠나 동료는 한 명 한 명이 모두 중요하다. 그게 정도 무림인들이 추구하는 가치다.

어쨌거나 새로운 부상자들을 치료하는 것도 시급을 다투는 일인지라 그녀는 나름의 방식으로 치열한 진투를 치르고 있었다.

그때 조원원이 한 사람을 부축해 달려왔다.

"언니, 이 사람부터 좀 봐줘요! 급해요!"

당소정은 조원원이 부축하고 온 사람을 한눈에 알아보았다. 손속을 나눠본 적은 없지만 엽무백을 제외하면 별동대 중 가장 강할 것이라고 평가되는 사람, 그 스스로 죽지 않는 한 절대로 죽지 않을 것 같은 초절정의 고수 당엽이 중상을 입은 채 돌아왔다.

"머리를 높게 하고 눕혀!"

조원원이 재빨리 당엽을 눕히고 머리에 돌덩이를 괴었다.

타다다닥!

당소정은 빠른 속도로 혈도를 짚어 옆구리와 어깨의 피를 멈추게 했다. 혈도를 짚어 피를 멈추게 하는 것은 말 그대로 피의 흐름을 강제적으로 끊는 응급처치다.

일시적으로는 효과가 있지만 시간이 지체되면 혈도를 짚인 아래 부위의 조직이 괴사할 수도 있다. 조직이 괴사되면 잘라내야 한다.

당소정은 옆구리와 어깨의 상처를 빠르게 살폈다. 길게 잘려 나간 옆구리에서는 내장이 흘러나올 기미가 보였다. 어깨는 칼이 관통을 했는지 뼈와 힘줄이 모두 상했다.

이 정도면 목숨을 장담할 수 없을 정도의 중상이다. 살아난다고 해도 팔 하나는 못 쓰게 될 확률이 높았다.

"도대체 누가 그를 이렇게 만들 수 있지?"

"제가 그랬어요."

"무슨 소리야?"

"괜찮겠죠?"

"글쎄."

"괜찮을 거예요. 언니는 당문의 소공녀잖아요."

"우선 치료부터 하자고."

당소정은 다시 당엽을 내려다보며 말했다.

"저 못지않게 의술에 조예가 있다는 걸 알고 있어요. 상처가 너무 깊어 금창약만으로는 치료를 할 수 없다는 걸 알겠죠?"

"필요한 대로 하시오."

"진자강, 칼을 가져다줘!"

저만치 부상자 하나를 또 둘러업고 땀을 뻘뻘 흘리며 달려온 진자강이 서둘러 부상자를 내려놓았다.

이어 미리 피워놓은 모닥불에서 시뻘겋게 달군 소도를 끄집어 들고는 황급히 달려왔다. 그는 피를 철철 흘리며 쓰러진 당엽을 보고 화들짝 놀랐다.

"앗, 당엽 아저씨!"

당소정은 재빨리 소도를 받아 들고 당엽을 향해 물었다.

"나뭇가지를 드릴까요?"

고통스러울 테니 입에 나뭇가지를 물려줘야 하지 않느냐고 묻는 것이다.

"그냥 하시오."

당엽의 말이 끝나기가 무섭게 당소정은 옆구리의 상처부

터 지져갔다. 치지직 하는 소리와 함께 수증기가 뿜어져 나왔다.

옆구리가 잘려 나간 것만으로도 힘겨울 텐데 불에 달군 칼로 상처 부위를 지지니 얼마나 고통스러울 것인가.

조원원은 아까부터 당엽의 팔목을 잡고 있던 손에 저도 모르게 힘을 꽉 주었다.

하지만 당엽은 신음은커녕 얼굴 한 번 찡그리는 법이 없었다. 마치 육체적 고통은 자신을 괴롭힐 수 없다는 듯 담담한 표정을 짓고 있을 뿐이다.

어깨의 관통상까지 모두 불칼로 지진 당소정은 금창약을 꺼내 조원원에게 건네주며 말했다.

"마지막 남은 거야. 그의 상처에 골고루 바른 후 깨끗한 천으로 감아줘. 그 정도는 할 수 있겠지?"

"알았어요."

조원원은 재빨리 금창약을 받아 들고는 당엽의 상처에 펴바르기 시작했다. 당소정은 또 다른 부상자를 치료하기 위해 바삐 자리를 떴다.

엽무백은 좌방에서 달려드는 적의 심장에 찔러 넣은 일창을 힘차게 뽑았다. 피가 분수처럼 터지며 적의 시체가 툭 떨어졌다.

서둘러 주위를 둘러보았지만 더는 자신을 향해 달려드는 자가 없었다. 적 병력이 얼마 남지 않은 탓도 있었지만, 언감생심 자신을 상대로 맞서려는 자가 더는 나타나지 않았기 때문이다.

싸움은 막바지에 접어들고 있었다.

엽무백은 몇 남지 않은 무리와 한창 전투가 진행 중인 사람들이 있는 동쪽으로 시선을 던졌다.

좀 전에 칠성개와 법공이 연수합격으로 하응백을 상대하는 걸 얼핏 보았는데, 언제 어떻게 때려눕혔는지 하응백은 벌써 시체로 돌변해 호수에 반쯤 몸을 걸치고 있었다.

엽무백이 이번엔 서쪽으로 시선을 던졌다.

문풍섭과 한백광, 그리고 청명까지 가세한 곤륜사괴와의 싸움도 곧 끝날 조짐을 보였다.

화산, 무당, 청성의 세 도사가 힘을 하나로 뭉쳤다. 제아무리 곤륜사괴가 무림을 떨어 울린 노마두리고 해도 십 년간 절치부심하며 수련해 온 현문정송의 세 고수를 당할 수는 없었다.

이제 셋으로 줄어버린 곤륜사괴의 몸은 온통 난도질을 당한 상태였다. 불사의 마공 나환대라술(螺環大羅術)을 익혔다고 해도 몸이 저렇게 걸레가 되고는 살아날 가능성이 희박했다.

그 작은 가능성마저도 사라져 버리는 일이 발생했다. 한백광과 청명이 측면을 파고들어 일괴와 이괴의 신경을 끄는 사이 문풍섭의 검끝에서 뻗쳐 나온 검기가 삼괴를 정수리에서부터 가랑이까지 훑고 지나간 것이다.

삼괴의 몸이 비현실적인 모습으로 쪼개졌다.

대로한 이괴가 검기를 한 자나 뽑아내더니 문풍섭의 허리를 양단해 갔다. 그건 죽음을 불사한 일격이었다. 삼괴를 죽이느라 등을 노출한 문풍섭은 일촉즉발의 위기를 맞았다.

그 순간 청명이 도저히 그럴 수 없을 것 같은 각도로 몸을 비틀었다. 직선으로 뻗어 있던 그의 검신이 돌연 뱀처럼 휘어지며 이괴의 목을 훑고 지나갔다.

이괴의 검은 여전히 문풍섭의 허리를 양단해 갔지만, 목이 떨어진 시체가 내지른 검은 그 속도와 위력이 약할 수밖에 없었다.

문풍섭은 질풍처럼 돌아서며 대감도를 쳐냈다. 동시에 쓰러지는 이괴의 어깨를 밟고 솟구쳤다. 이괴의 뒤에서 한백광과 백척간두의 싸움을 벌이는 일괴를 처단하기 위해서였다.

그가 천근추의 수법으로 뚝 떨어지는 순간, 검신으로부터 시퍼런 번갯불이 한 자나 뻗어 나와 일괴의 정수리로 떨어졌다.

곤륜사괴의 맏형답게 일괴의 반응은 기민했다.

그는 한 발을 뒤로 빼는 동작과 함께 원을 그리듯 용두장도를 크게 휘둘렀다.

한순간 그의 전면에서 막강한 원형의 강기가 형성되었다. 한백광의 검도, 문풍섭의 검기도 벼락을 치며 튕겨 나갔다.

그게 일괴가 살아생전 마지막으로 휘두른 일초였다. 시뻘겋게 물든 검 한 자루가 돌연 그의 가슴을 뚫고 튀어나왔기 때문이다. 한백광과 문풍섭이 일괴의 손발을 묶는 사이 청명이 등 뒤에서 검을 찌른 것이다.

가슴까지 푹 뚫고 나온 청명의 검이 다시 쑥 빠져나갔다. 시뻘건 핏물이 소 오줌발처럼 뿜어져 나와 바닥을 적셨다.

털썩 무릎을 꿇는 일괴의 입에서도 피가 한 바가지나 쏟아졌다. 그는 지금의 상황이 도저히 받아들여지지 않는 듯 딱딱하게 굳은 얼굴로 넘어갔다.

무림이 정마대전의 소용돌이에 휘말리는 와중에도 그들 나름대로의 삶을 살며 세상을 시끄럽게 만들었던 네 명의 노마두가 유명을 달리하는 순간이었다.

"수고했네."

문풍섭이 한백광과 청명 두 사람을 보며 말했다.

두 사람은 감개무량한 표정으로 고개를 끄덕였다. 이렇게 세 명이 한자리에 모인 게 얼마 만인가. 이렇게 검을 맞춰본 건 또 얼마 만인가. 이렇게 살아서 마교의 고수들을 상대로 싸울 수 있다는 것만으로도 가슴이 먹먹해졌다.

"아직 끝나지 않았네. 서두르세."

문풍섭을 필두로 세 사람은 또다시 전장으로 뛰어들었다.

곤륜사괴와 무천 제일의 고수 하응백이 죽자 적진은 급속도로 무너지기 시작했다. 동쪽에서 싸우던 칠성개와 법공 등은 몇 남지 않은 적들을 닥치는 대로 쳐 죽이며 가장 중심에 있던 팔성군을 향해 다가갔다.

서쪽을 공격하던 문풍섭과 한백광, 청성오검, 남궁옥 등도 물러나는 적들을 처단하며 한발 한발 팔성군을 향해 다가갔다. 그러다 어느 순간 무천의 고수들은 모두 죽고 팔성군만 남게 되었다.

"와아아!"

우렁찬 함성과 함께 정도무림의 생존자들이 팔성군을 향해 파도처럼 밀려갔다. 얼마나 분통이 터졌으면 저렇게나 흥분할까?

이미 팔성군을 빽빽하게 에워싸 버린 칠백여 명의 병력을 보며 엽무백은 잠시 숨을 골랐다. 팔성군을 제거하는 희열을 저들에게 줘도 될 것 같다는 생각을 했다. 그래야 가슴속에 응어리진 한이 조금이라도 풀어지지 않겠는가.

정도무림의 생존자들은 팔성군을 겹겹이 에워싼 채 그 어느 때보다 맹공을 퍼붓기 시작했다.

피를 흠뻑 뒤집어쓴 팔성군은 서로의 등을 맞댄 채 맹렬하게 저항했다. 처음 등장했을 때와 달리 팔성군이 아주 작게 느껴졌다. 태산 같은 어깨는 축 처져 있고 당당하다 못해 오만하기까지 하던 얼굴엔 초조하고 긴장한 기색이 조금씩 드러나고 있었다.

죽음의 공포를 느끼기 시작한 것이다.

그러나 그럼에도 불구하고 그들의 무공은 실로 엄청났다. 법공, 한백광, 칠성개, 청성오검, 심지어 매화검수 문풍섭까지 가세해 막다른 골목에 내몰린 팔성군을 겁박했지만 일각여의 시간이 지나도록 옷자락 하나 건드리지 못했다.

반면 팔성군은 가공할 무력으로 정도무림의 고수들을 상대하는 한편, 상대적으로 무공이 약한 자들은 벼락처럼 쪼개갔다.

여덟 명이 하나가 되어 톱니바퀴처럼 맞물려 들어가는 이 연수합격술은 실로 엄청난 위력을 발휘해서 작은 철옹성을 연상케 했다.

그 중심에 일성군 이도정이 있었다.

그는 진의 중심에 서서 전음으로 팔성군에게 일일이 명령을 내리는 한편, 새파란 검강을 뿜아내며 진을 뚫고 들어오는 정도 무림인들을 도륙했다.

적지 않은 정도 무림인들이 팔성군의 칼날 아래 쓰러졌다.

팔성군을 상대로 한 싸움은 무천의 병력 사백을 상대로 한 싸움보다 훨씬 험난했다.

한 줌도 안 되는 사람들을 남겨두고도 싸움의 종지부를 찍지 못하자 정도 무림인들은 더욱 분통이 터졌다.

살아남은 정도무림의 생존자 칠백여 명과 단 여덟 명의 전투는 어느 쪽도 우세를 점하지 못한 채 점점 살벌하게 전개되어 갔다.

반면 정도무림 쪽에서는 계속해서 사상자가 나오고 있었다. 더는 시간을 끌 수 없다고 판단한 엽무백은 직접 팔성군을 손보기 위해 사람들을 헤치고 나아갔다.

그때 돌발적인 사태가 벌어졌다.

약이 바짝 오른 법공이 성정을 이기지 못하고 팔성군이 형성하고 있는 철벽진 속으로 몸을 던진 것이다.

"갈!"

법공은 하필이면 이도정을 노렸다.

앞서 이도정이 내지른 장법에 당해 꼴사나운 모습을 보인 것을 끝내 마음에 두고 있었던 모양이다. 두 자루 곤이 이도정의 심장을 향해 질풍처럼 쏟아져 갔다.

엽무백의 눈썹이 살짝 찡그려졌다.

이도정은 질풍처럼 솟구치며 선불 맞은 멧돼지처럼 달려오는 법공을 순식간에 타고 넘었다.

타타탁!

찰나의 순간 이도정은 법공을 머리, 뒷목, 등의 순서로 밟았다. 그 모습이 마치 평지를 달리는 것처럼 자연스럽고 빨랐다.

하지만 그 여파는 엄청났다.

이도정을 지나쳐 서너 걸음을 달리던 법공의 등이 활처럼 굽었다. 이도정이 보법에 묵직한 경력을 담았음이 분명했다. 초공산과 이정갑의 진전을 이은 일성군의 경력이다. 지금쯤 법공은 척추가 부러지는 듯한 고통이 느껴질 것이다.

아니면 진짜로 부러졌던가.

"하아……!"

위로 쳐들리는 법공의 입이 고통으로 쩍 벌어졌다. 그때 곁에 있던 신화옥의 주먹이 법공의 입에 작렬했다.

퍽! 소리와 함께 법공의 고개가 팩 돌아갔다.

뒤를 이어 삼성군 북진무가 달려들어 법공의 전신을 난타했다.

퍼퍼퍼퍼퍽!

요란한 타격음과 함께 법공의 몸이 이리저리 뒤틀리더니 그대로 넘어가 버렸다. 쿵! 소리를 내며 쓰러지는 법공의 주변으로 먼지가 폴폴 날렸다.

이 뜬금없는 사태는 그야말로 순식간에 벌어진 일이어서

이면에 숨어 있는 상황을 제대로 본 사람은 채 열 명이 되질 않았다.

대다수의 사람이 본 것이라곤 법공을 타고 넘는 이도정, 아구창을 날리는 신화옥, 개 패듯 패는 북진무, 그리고 맥없이 쓰러지는 법공이었다.

용맹하기가 둘째가라면 서러울 의리의 사나이 법공이 쓰러지는 것을 보자 정도 무림인들의 분노는 하늘을 찌를 듯했다.

"법공 대사가 쓰러졌다!"

"원수를 갚자!"

우레 같은 함성과 함께 정도 무림인들은 제 몸을 돌보지 않고 돌진했다. 적들이 쓰러진 법공에게 마지막 일격을 가하지 못하도록 틈을 주지 않으려는 것이다.

그때 쩌렁한 사자후가 천지를 울렸다.

"멈춰!"

엽무백이었다.

사람들은 고막이 찢어지는 듯한 고통을 느끼며 모든 동작을 정지했다. 엽무백이 신형을 날려 팔성군과 정도 무림인 사이로 뛰어들었다.

"모두 물러나시오!"

문풍섭도 연거푸 명령을 내렸다.

뭐가 어떻게 된 영문인지 모르지만 엽무백과 문풍섭 사이에 지금의 상황을 놓고 공감대가 있는 모양이었다.

두 사람뿐만이 아니다.

한백광, 칠성개, 청성오검, 남궁옥 등 수뇌부의 얼굴 역시 딱딱하게 굳어 있었다. 뭔가 심상치 않은 일이 벌어지고 있음을 자각한 사람들이 서둘러 물러났다.

잠깐 사이에 팔성군과 정도 무림인 사이에는 대여섯 장의 커다란 공간이 생겨났다. 그 한가운데 엽무백과 일단의 수뇌부가 서 있었다. 엽무백은 냉엄한 눈길로 이도정을 바라보았다.

"어지간히 급했나 보군."

"전쟁이란 원래가 지저분한 것이지."

"이해하고말고."

"너도 이런 식의 싸움이 계속되길 바라지는 않겠지? 그를 살리고 싶다면 내 요구 조건을 받아들여라."

"그전에 인실의 상태부터 확인하지."

엽무백이 이도정의 말을 막고는 저만치 쓰러져 있는 법공을 향해 시선을 던졌다. 어찌 된 영문인지 법공은 얼굴을 바닥에 박은 채 엎어져 있었다.

양팔은 부자연스러운 상태로 바닥을 짚었고, 두 다리는 꼴사납게 쫙 벌어진 채로 통나무처럼 뻣뻣하게 굳어 움직이질 않았다.

이도정이 신화옥을 향해 고개를 끄덕였다.

신화옥은 법공에게로 다가가 한 발을 배 아래로 집어넣더니 호떡 뒤집듯 휙 뒤집어 버렸다. 순간, 법공이 하늘을 향해 벌러덩 눕혀지면서 꼴사나운 모습이 백일하에 드러났다.

모래가 가득 묻은 얼굴, 질끈 감은 눈까지는 엎어져 있었으니 그렇다고 치자. 하지만 입에 물린 저 어린아이 주먹만 한 황옥 빛 투명한 구체는 무엇일까?

"뇌화구(雷火球)……!"

남궁옥의 입에서 나직한 신음이 흘러나왔다.

전날 무당산에서 신기자가 찾아왔을 때 조원원과 법공, 진자강, 당소정도 저 물건을 본 적이 있다.

남궁옥은 한 번 보는 것으로 저 물건의 정체를 간파했다.

벽력궁이 천산의 깊은 협곡에서 발견한 정체불명의 액상 물질과 몇 가지 재료를 응축해 만든 반고체 형태의 폭기.

일단 폭발히면 액상의 화약으로 바뀐 물질이 사방으로 흩어져 반경 이십여 장을 불바다로 만들어 버린다.

아교처럼 달라붙는 성질이 있기 때문에 떼어낼 수도 없다. 만약 이십여 장 안에 사람이 있다면 산 채로 화장을 당해 버린다.

아주 작은 충격으로 폭발하기 때문에 뇌화구는 도화선도

필요없다. 하물며 법공은 반고체의 물렁물렁한 뇌화구를 입에 물었다.

살짝만 깨물어도 내용물을 감싼 밀랍은 찢어지고 액상의 가공할 물질이 공기에 노출된다. 그 순간 번쩍이는 섬광과 함께 대폭발이 일어날 것이다.

뇌화구를 알아본 몇몇 사람을 중심으로 술렁거림이 파도처럼 번져갔다. 사람들은 똑같은 의문을 가졌다. 법공은 저 위험한 물건을 밑도 끝도 없이 왜 입에다 처넣고 있는 걸까?

상황을 복기하자면 이렇다.

처음 이도정은 법공을 타고 넘으면서 척추에 둔중한 충격을 주어 일시적으로 그의 몸을 마비시켰다.

그 고통으로 법공의 입이 쩍 벌어지는 순간 이번엔 신화옥이 법공의 입에 뇌화구를 박아 넣었고, 뒤를 이어 북진무가 달려들어 전신에 혈도를 짚음으로써 법공을 옴짝달싹 못하게 만들었다.

그 결과가 서서다.

솥단지에 맞아 튕겨난 것에 이어 또 한 번 체면을 구긴 법공은 차마 사람들을 볼 낯이 없어서인지 눈을 감고 기절한 척했다.

"하필이면 제일 더러운 걸 처먹었군……."

엽무백으로부터 두어 걸음 떨어져 있던 칠성개가 혼잣말

로 중얼거렸다. 한순간 법공의 눈까풀이 파르르 떨렸지만 눈치챈 사람은 없었다.

법공의 안전을 확인한 엽무백은 다시 이도정에게로 시선을 옮겼다. 이도정이 기다렸다는 듯이 말했다.

"육반산을 벗어난 후 그를 풀어주겠다."

"결론은 활로를 열어달라?"

"그를 살리고 싶다면."

"뇌화구가 폭발하면 너희의 안전도 장담할 수 없을 텐데?"

이도정은 일말의 동요도 없이 신화옥을 향해 다시 한 번 고개를 끄덕였다. 신화옥은 법공에게 다가가 그를 일으켜 세우더니 목 아래의 혈도를 두어 번 타탁 짚었다.

그러자 어찌 된 영문인지 법공이 어린아이 주먹만 한 뇌화구를 꿀떡 삼키는 게 아닌가.

이 느닷없는 상황에 정도무림의 생존자들은 얼굴이 하얗게 질렸다.

가장 놀란 사람은 법공 자신이었다.

그는 눈까지 번쩍 뜨고 퉁방울눈을 뒤룩뒤룩 굴렸다. 뭔가 말을 하고 싶은데 목소리가 나오지 않는지 입 가장자리로 침을 질질 흘렸다.

신화옥은 법공의 등을 쓰다듬으며 말했다.

"등에 일장을 치면 어떻게 될까?"

"……?"

"인간의 육신 따위가 뇌화구의 폭발력을 막을 수는 없겠지. 하지만 이 중놈의 육신은 흔적도 없이 사라진다. 말 그대로 산 채로 화장을 당하는 셈이지."

"벽력궁의 소공녀가 잔악무도한 계집년이라는 소리는 들었지만 이제 보니 나찰이 따로 없군. 내 언제고 네년을 잡아 사지를 찢어 먹으리라!"

칠성개가 준엄하게 경고했다.

신화옥은 시뻘게진 얼굴로 입술을 씰룩였다.

당장에라도 쳐 죽이고 싶지만 상황이 상황이니 만큼 참는다는 기색이 역력했다.

다시 이도정이 말했다.

"선택을 하라."

사람들의 시선이 모두 엽무백을 향했다.

법공이 인질로 잡혔다.

뇌화구를 삼켰으니 이젠 빼도 박도 못한다.

팔성군을 죽이려면 법공을 포기해야 한다. 반면 법공을 살리려면 어렵게 잡은 팔성군을 풀어주어야 한다.

팔성군은 마교주 천제악과 같은 항렬이자 팔마궁주의 혈족과 제자들이다. 정도무림의 생존자들에게는 철천지원수와도 같은 자들.

이대로 돌려보내 주면 저들을 또 언제 잡을 것인가. 얼마나 많은 정도무림의 생존자들이 저들의 칼날 아래 죽을 것인가.

이것저것 따져보면 법공을 포기하고 팔성군을 죽이는 게 백번 남는 장사다. 그러나 그럼에도 불구하고 법공을 포기할 수는 없다. 자신들은 마교가 아니기 때문이다.

좌중이 쥐 죽은 듯 고요한 가운데 엽무백의 입이 천천히 열렸다.

"그를 넘겨라. 하면 목숨은 살려주겠다."

"우리를 보내주겠다는 뜻은 아닌 것 같은데?"

"너희는 포로가 되어야 한다."

이도정의 얼굴이 분노로 일그러졌다.

사람들도 큰 충격을 받았다.

처음 전투가 시작될 때 엽무백은 한 놈도 살려두지 말라는 명령을 내렸다. 그때의 명령을 철회하고 비록 포로일망정 목숨은 살려준다고 했으니 그로서는 한 걸음 양보한 셈이다.

하지만 팔성군이 그걸 받아들일 리 없잖은가.

그들에게 포로로 잡힌다는 것은 끝까지 싸우다 죽는 것보다 더 치욕스러운 일이다.

"마지막으로 경고하겠다. 길을 열지 않으면 소림의 제자는 이 자리에서 죽는⋯⋯."

"네 요구 따위는 관심없다."

엽무백은 이도정의 말을 한마디로 일축해 버렸다.

좌중이 태풍을 맞은 것처럼 술렁였다.

이도정은 진의를 파악하려는 듯 엽무백을 한참이나 응시
한 후에 물었다.

"거절한다면?"

"중 하나와 마두 여덟이 죽겠지."

"평범한 중이 아닐 텐데?"

"그럴까?"

"그가 소림의 마지막 남은 십팔나한이라는 사실을 알고 있
다. 얕게나마 칠십이종절예를 모두 익힌 유일한 생존자지. 그
가 죽으면 소림의 무맥도 끊어진다. 정녕 네 손으로 천 년 소
림의 역사를 끊어놓을 작정인가?"

사람들은 가슴이 철렁했다.

정말 그렇지 않은가.

가벼운 언행 때문에 잊고 있었는데 법공은 소림을 재건할
수 있는 유일한 희망이자 마지막 보루다.

중원무림의 새벽을 연 태산북두 소림이고 보면 법공의 존
재가 상징하는 것은 결코 가볍지 않았다.

이도정은 바로 그 지점을 지적하고 있었다.

하지만 엽무백의 생각은 달랐다.

"팔성군과 소림의 일개 나한승을 같은 저울에 올려놓으려는 걸 보니 많이 다급했나 보군."

"나를… 시험하려는가?"

이도정의 눈동자에 기광이 맺혔다.

"여기까지 오는 동안 많은 사람이 죽었다. 그들은 모두가 일문의 마지막 남은 제자였고 일가의 유일한 생존자였다. 지금 너희 앞에 있는 사람들도 그렇다. 오늘은 소림의 제자가 죽지만 내일은 또 다른 문파의 유일한 생존자가 죽겠지. 그게 우리다. 소림 칠십이종절예를 익힌 유일한 승이라고 해서 특별할 건 없다."

좌중에 묵직한 감정의 기류가 흘렀다.

엽무백의 말처럼 대부분 각 문파의 유일한 생존자이거나 몇 남지 않은 제자들이다. 중소 문파의 무맥이라고 해서 어찌 중요하지 않을 것인가.

소림의 제자에게는 소림의 무맥이 그 무엇보다 중요하겠지만 풀뿌리 문파의 제자들에겐 또 자신들의 무맥이 가장 중요하다.

누군가 희생을 해야 한다면 그 인간의 가치를 두고 경중을 따질 수는 없다. 이게 언제부턴가 잊고 있었던 정도무림의 가치다.

엽무백의 말에 사람들은 절로 숙연해졌다.

그때쯤엔 호수의 물이 아직도 불타고 있는 마을에 닿을 정도로 가까워졌다. 팔성군을 에워싸고 있는 칠백여 명 중 대부분이 물속에 발을 담근 상태였다.

第四章 성군들을 죽이다

　"말이 길어지는군. 분명하고 확실하게 말하지. 난 너희를 살려 보내줄 생각이 없다. 목숨이라도 부지하고 싶으면 그를 넘기고 아니면 여기서 죽어라."

　염무백의 이 한마디는 최후통첩과도 같았다.

　법공을 잃을지도 모른다는 생각에 침통해했던 사람들은 마음을 다잡았다. 법공을 잃는 건 가슴 아프지만 오늘 팔성군을 놓치면 훗날 몇 배나 많은 정도무림의 생존자들이 그들의 칼날 아래 목숨을 잃을 것이다.

　절대로 보내줄 수 없다.

그때였다.

"크하하! 간만에 마음에 쏙 드는구나."

법공이었다.

여태 아혈이 짚여 말을 못하다가 용케도 목소리가 터진 모양이다. 앙천광소를 터뜨리던 법공은 돌연 웃음기를 거두고 엽무백을 사납게 쏘아보며 말했다.

"어이, 친구, 약속대로 저 마두들 꼭 내 뒤 순서로 보내야 해. 황천(黃泉) 가는 길에 만나면 내가 저놈들 목을 껴안고 확 물에 빠져 죽어버리려니까. 아닌가? 한번 죽으면 또 안 죽으려나? 크하하하!"

생각만 해도 속이 시원한지 법공은 다시 한 번 광소를 터뜨렸다.

신화옥이 법공의 턱주가리를 후려 찼다.

퍽! 소리와 함께 법공의 턱이 홱 돌아가면서 그의 호탕한 광소도 뚝 그쳤다.

하지만 웃는 사람은 단 한 명도 없었다.

죽어서라도 마두와 동귀어진하겠다는 법공의 말에서 뼛속까지 서린 마교에 대한 한을 느꼈기 때문이다.

어찌 안 그렇겠는가.

태산북두 소림이라는 말을 떠나 법공 역시 한 문파의 제자였다. 수많은 사형제와 사부를 잃고 홀로 살아 세상을 떠돌았을 것이다. 엽무백을 만나기 전까진 술로 세월을 보냈다고 들었다.

그 원한과 분노가 얼마나 깊을 것인가.

지금 이 자리에 모인 정도무림의 생존자 모두가 법공과 같은 심정이었다.

법공의 기백이 만들어낸 분위기는 정도 무림인 모두의 가슴에 다시 한 번 불을 질렀다. 심상치 않은 기류를 읽었음인지 팔성군의 얼굴이 잿빛으로 흐려졌다.

"우리를 제거하려면 너희도 적지 않은 희생을 치러야 한다. 장담컨대 너희 중 삼 할은 우리 손에 죽는다!"

이도정이 말했다.

목소리에 힘이 잔뜩 실려 있었다.

그 역시 이것이 최후의 통첩임을 직감적으로 느낀 것이다.

"얘기는 끝났군."

그 순간, 엽무백이 신형이 사라져 버렸다.

사람들이 본 것이라곤 갑자기 호롱불처럼 꺼지는 엽무백의 신형, 섬전 같은 궤적, 번쩍이는 섬광, 그리고 새파랗게 튀는 불똥이었다.

깡!

귀청을 찢는 굉음과 함께 한 사람이 연달아 세 걸음을 물러났다. 창날처럼 뾰족한 하관에 얼음을 박아놓은 것처럼 차가운 눈동자의 소유자인 그는 적양궁의 소궁주인 오성군 조백선이었다.

그의 손에는 가느다란 협봉검이 들려 있었다.

상황은 이랬다.

이도정의 말이 떨어지는 순간 엽무백은 가장 가까이 있던 한 사람을 향해 신형을 쏘았고, 창을 내려쳤다. 분지에 모인 대부분의 사람이 엽무백의 동작을 눈에 담지 못할 정도로 빨랐다.

하지만 벼락이 치는 것과도 같은 그 찰나의 순간에도 조백선은 협봉검을 바깥으로 후려쳐 엽무백의 묵직한 창을 막아냈다.

이는 적양궁이 광속의 쾌검을 추구하기 때문이었다. 그 성취는 가공한 것이어서 해월루의 유성하가 하늘 아래 가장 빠른 경신공이라면 적양궁의 발혼십이절(發魂十二絶)은 하늘 아래 가장 빠른 검이라는 정평이 오래전부터 나 있었다.

오죽하면 점창의 정문인이 속도에 관한 한 둘째가라면 서러워할 점창의 사일검법을 극성으로 익히고도 적양궁주 조전탁에게 단 십이 초식 만에 심장을 꿰뚫렸을까.

다시 말해 조백선이 엽무백의 기습적인 일격을 막아낸 것은 타고난 검공에 기인한 바가 컸다. 하면 엽무백은 조백선이 익힌 검공을 몰라서 그를 기습했을까?

당연히 아니다.

기습의 묘미를 살리려면 조백선보다는 옆에 있는 거대한 체구의 팔성군 우두간을 노렸을 것이다. 그 어떤 초식도 무력화시킬 정도의 패력을 추구한 덕분에 동작이 다소 느린 우두간은 좀 전과 같은 엽무백의 일격을 막아낼 수 없었다.

그럼에도 불구하고 조백선을 선택한 것은 단지 가까운 곳에 있다는 한 가지 이유 때문이었다. 주고받는 공방의 횟수에 차이가 있을 뿐, 죽는 건 어차피 마찬가지였으니까.

사태가 급작스럽게 전개되자 문풍섭, 한백광, 청성오검, 칠성개 등이 나머지 일곱 명의 성군과 대치했다.

팔성군이 조백선을 돕기 위해 나서면 그들 역시 곧장 튀어나가 법공을 구출하는 한편, 사생결단을 낼 기세였다.

법공을 놓칠 수도 없고, 전면전으로 확대되는 것도 바라지 않았던 팔성군은 병기를 꼬나 든 채 정도무림의 수뇌부와 대치했다.

전면전이 벌어지면 정도무림의 고수 삼 할을 죽일 수 있다고 자신있게 말했지만, 그건 어디까지나 모두가 하나로 뒤엉킨 혼전일 때 가능한 것이었다.

지금처럼 일반 무사들이 뒤로 빠지고 고수들만 앞으로 나선 상태에서 목숨을 건 혈전이 벌어지면 삼 할의 사상자는 말도 안 되는 소리다.

매화검수 문풍섭, 무당칠검의 맏형 한백광, 청성오검, 개방의 후개 칠성개 등은 팔성군으로서도 만만하게 볼 상대가 아니었다.

　그사이 엽무백과 오성군 조백선의 싸움은 점점 치열해졌다. 엽무백이 이처럼 과감하게 나올 줄 몰랐던 사람들은 적아를 막론하고 크게 놀랐다.

　깡! 까가가가강!

　격렬한 첫 합에 이어 질풍 같은 여섯 합이 펼쳐졌다. 조백선은 팔성군 사이에서 다섯 번째 서열을 차지한 이름에 걸맞지 않게 연거푸 물러나기 바빴다. 폭풍처럼 몰아치는 엽무백의 창격에 실린 경력은 그조차도 받아내기 힘들 정도로 막강했다.

　그럼에도 불구하고 목숨을 부지하는 건 그의 검초가 워낙 빨랐기 때문이다.

　'이대로는 필패다!'

　목숨이 백척간두에 놓였음을 식삼한 소백선은 돌연 가슴이 활짝 열리는 것을 감수하고 엽무백의 상체를 좌상으로 갈라갔다.

　육참골단(肉斬骨斷), 이른바 살을 주고 뼈를 취하는 이 일초의 이름은 섬전분천(閃電分天). 그 이름처럼 새파란 검강이 엽무백의 상체를 광속으로 쪼개갔다.

한순간 엽무백의 신형이 정말로 쪼개지는 것 같았다. 하지만 조백선은 칼끝에 걸리는 아무런 저항을 느끼지 못했다. 그의 검은 헛되어 허공으로 흘렀다.

그 순간, 조백선은 자신의 의지와는 상관없이 몸이 허공으로 붕 뜨는 것을 느꼈다. 검의 궤적을 따라 중심을 좌보에서 우보로 옮기는 그 찰나의 순간, 엽무백이 다리를 걸어차 허공으로 띄운 것이다.

문제는 그다음이었다.

우악스런 손 하나가 조백선의 명줄을 틀어쥐고는 바닥으로 힘차게 찍어 눌렀다. 조백선은 엽무백에게 목을 잡힌 채로 무얼 어찌해 볼 틈도 없이 땅바닥에 처박혔다. 그리고 벌떡 일어나려는 그의 상체로 장창 한 자루가 푹 들어와 박혔다.

"커헉!"

조백선은 상체를 반쯤 일으키다 만 채로 장창에 꿰뚫려 버렸다. 바르르 떨리는 전신, 창간의 주변으로 부글부글 끓어오르는 핏물…….

잠시 후 조백선의 신형이 툭 떨어졌다.

즉사였다.

적양궁주 조전탁의 아들이자 혼세신교의 오성군인 조백선은 그렇게 느닷없이 죽어버렸다.

"노옴!"

칠 척에 달하는 장대한 체구에 몸통이 온통 근육으로 똘똘 뭉친 팔성군 우두간이 나섰다. 그는 뒤돌아선 엽무백을 향해 삼백 근에 달하는 대부를 힘차게 내리찍었다.

초식을 펼치는 순간 대부가 새파란 섬광에 휩싸이는 이 수법의 이름은 단혼절백(斷魂絶魄), 유마궁의 절기 마섬일도(魔閃一刀)의 절초다.

혼(魂)을 끊고 백(魄)을 자르는 강기가 엽무백의 정수리를 향해 무시무시한 속도로 떨어졌다. 우두간은 이 한 수가 성공할 것을 믿어 의심치 않았다. 패력을 추구한 나머지 다소 둔하다고는 하나 그건 무신들의 눈에 비친 상대적인 평가일 뿐, 그 역시 초공산과 유마궁의 진전을 이은 몸이다.

하지만 엽무백은 이미 그 자리에 없었다.

콰앙!

굉음과 함께 땅거죽이 일 장이나 솟구치며 뒤집혔다. 우두간은 그 커다란 덩치에 어울리지 않게 빠르고 유연한 몸놀림으로 허리를 비틀었다.

동시에 좌방을 향해 대부를 힘껏 휘둘렀다. 찰나의 순간에도 살기를 감지했기 때문이다. 역시나 무지막한 경력이 대기를 찢어발겼다.

그 순간, 네 줄기의 섬광이 동시에 번쩍였다.

우두간의 양쪽 어깻죽지와 무릎에서 핏물이 터졌다. 그의 등 뒤 일 장 밖에는 엽무백이 검 두 자루를 손에 쥔 채 아래로 늘어뜨리고 있었다. 어느새 장창을 분절해 검 두 자루를 뽑아낸 것이다.

그가 장창을 분절하고, 검을 취하고, 검기를 뽑아 우두간의 사지를 절단하는 일련의 동작은 너무나 빨라 장내에 있는 누구도 전 과정을 모두 보지 못했다.

그건 마치 저 높은 경지에 있는 또 다른 차원의 무학처럼 신비로웠다.

"언제……!"

바닥에 털썩 무릎을 꿇는 우두간의 목에 차가운 쇠붙이가 붙었다. 엽무백이 귀신같이 다가온 것이다. 엽무백은 한 손으로 우두간의 머리카락을 틀어쥐고, 한 손으로는 우두간의 목을 천천히, 아주 천천히 그었다.

핏물이 콸콸 흘러나와 검신을 타고 흘러내렸다. 그 와중에도 엽무백의 차가운 시선은 이도정을 응시하고 있었다.

마치 이게 나의 대답이라는 듯.

사지 근맥을 잘린 우두간은 저항 한번 해보지 못하고 천천히 죽어갔다. 마침내 검신이 목을 모두 핥고 지나갔을 때 우두간의 상체는 폭포수처럼 흘러내린 피로 흠뻑 젖었다.

엽무백은 비로소 틀어쥐었던 우두간의 머리카락을 놓아주었다. 털썩 쓰러지는 우두간은 아직도 숨이 끊어지지 않은 채

입과 목으로 검붉은 피를 콸콸 흘리고 게워내고 있었다.

그러다 끝내는 미동조차 하지 않았다.

유마궁의 소궁주이자 팔성군인 그는 단 일 초식조차 막아내지 못하고 허무한 죽음을 맞이했다.

눈 깜짝할 사이에 팔성군 중 두 명이 죽어버렸다. 전면전이 벌어지면 삼 할의 희생을 장담한다던 이도정의 말은 근거 없는 오만에 지나지 않았던 것이다.

사람들은 충격에 빠졌다.

지금 이 자리에는 남궁옥이 이끌고 온 사람들이 대부분이다. 그들은 십병귀에 대한 전설을 믿었고, 그와 함께 마교를 치기 위해 금사도로 몰려왔다.

그리고 엽무백을 처음 봤다.

당연하게 그의 무공을 견식한 것도 처음이었다.

사람들은 숨 쉬는 것도 잊은 채 경이로운 존재를 대하듯 엽무백을 응시했다.

엽무백과 줄곧 통행했던 사람들도 놀라긴 마찬가지였다. 엽무백이면 능히 팔성군을 상대할 거라는 생각은 했다.

하지만 이렇게 속절없이 죽일 수 있을 거라고는 상상도 못했다. 팔성군과 엽무백의 격차는 사람들이 생각했던 것보다 훨씬 컸다.

가장 충격을 받은 사람들은 팔성군이었다.

그들은 눈으로 보고도 믿지 못하겠다는 듯 엽무백과 쓰러져 뒹구는 두 사람의 시체를 번갈아 보았다.

엽무백은 두 자루 검을 아래로 늘어뜨린 채 다음 제물을 향해 저벅저벅 걸어갔다. 그의 걸음엔 일말의 주저함도 없었다.

놀란 팔성군은 법공을 중심으로 뭉치며 엽무백을 향해 병장기를 겨누었다. 그들은 이런 상황에서도 포기를 하지 않았다.

뿐만 아니라 분노한 표정과 함께 가공할 살기를 뿜어냈다. 그들 역시 죽음을 두려워할 수준은 오래전에 벗어난 용의 핏줄인 탓이었다.

그사이 엽무백과 팔성군의 거리는 대여섯 장으로 좁혀졌다.

그 순간 섭대강, 허옥, 소수옥이 동시에 빛살처럼 신형을 쏘았다. 엽무백이 일대일의 대결로 승부를 볼 수 없는 고수임을 깨달은 탓이다.

그 모습을 지켜보던 한백광과 청명이 튀어 나가려 했다. 그때 문풍섭이 두 사람의 어깨를 황급히 찍어 눌렀다.

"멈춰라. 우리가 나서면 법공이 위험해진다."

"선배……."

한백광이 조용히 문풍섭을 불렀다.

"모르겠는가? 그는 지금 법공을 살리기 위해 저러는 것일세. 그를 믿고 기다리게."

그사이 엽무백과 세 성군의 싸움은 절정으로 치닫고 있었다. 섭대강, 허옥, 소수옥은 각자 자신의 장기를 발휘하여 엽무백을 난도질해 갔다. 방원 삼 장의 공간이 그들의 병장기에서 뿜혀 나온 검기로 가득했다.

엽무백은 살아 있는 그물과도 같은 그 검기 사이를 한줄기 바람처럼 헤집고 다녔다. 그들 네 사람의 공방은 도저히 서른을 전후한 후기지수들의 싸움이라고 볼 수 없었다.

듣도 보도 못한 상승의 절초들이 쉬지 않고 터져 나왔다. 네 사람으로부터 뿜어져 나온 가공할 살기는 무려 십여 장에 미쳤고, 그 경파를 견디지 못한 사람들은 뒷걸음을 치기 바빴다.

흡사 무림의 패주 자리를 놓고 다투는 것과도 같은 초절정 고수들의 싸움은 채 반 식도 흐르지 않아 균형이 깨져 버렸다.

최초의 발단은 누군가에게서 터져 나온 핏물이었다. 검기와 검강이 숨 가쁘게 오가는 그 살벌한 전장의 복판에 시뻘건 핏물이 어지럽게 흩날렸다.

핏물의 양은 점점 많아졌고, 또 복잡하게 튀었다. 그러던 어느 순간 '악!' 소리와 함께 이화궁의 소수옥이 연거푸 세 걸음이나 물러났다.

그녀의 상의는 온통 핏물로 얼룩진 상태였다. 원인은 목덜미에 생긴 한 줄기 혈흔이었다.

좌중에서 '아!' 하는 탄식이 쏟아져 나왔다.

그 순간, 한 사람이 벼락처럼 튀어나와 엽무백의 중단을 베어갔다.

푸르스름한 안광이 왠지 모를 섬뜩한 느낌을 주는 장락궁의 소궁주 칠공자 섭대강이었다. 그는 천성적으로 공포를 모르는데다 잔인하기가 이를 데 없어 팔성군도 대련을 꺼렸다. 그런 그가 이런 무모한 시도를 한 것은 어쩌면 너무나 당연한 일이었다.

"멈춰!"

이도정이 일갈을 내질렀다.

하지만 섭대강은 초식을 거두지 않았다.

그럼에도 불구하고 그의 검극은 엽무백의 신형에 닿지 못했다. 그보다 먼저 엽무백의 검신으로부터 뽑혀 나온 한 줄기 새파란 강기가 섭대강의 심장을 관통해 버렸기 때문이다.

픽! 하는 소리와 함께 섭대강의 왼쪽 가슴에서 작은 폭발이 일어났다. 핏물이 사방으로 터져 나옴과 동시에 섭대강의 신형이 풀썩 허물어졌다.

그는 바닥에 쓰러진 채 칠공으로 피를 쏟아내며 한참이나 경련을 일으키다가 이내 멈추었다.

그와 동시에 엽무백의 두 자루 검이 각각 허옥과 소수옥을 겨누었다. 조금이라도 움직인다면 주저없이 명줄을 끊어버리겠다는 듯.

좌중에 죽음보다 더 깊은 침묵이 흘렀다.

팔성군 중 세 명이 비명횡사했다.

어떻게 이런 일이 있을 수가 있나.

세상이 발칵 뒤집힐 일이다. 팔마궁에서 이 사실을 안다면 상상도 못할 복수를 하려 들리라.

"허옥, 소수옥, 물러나라!"

허옥과 소수옥은 이러지도 저러지도 못하고 엽무백과 대치했다. 이 와중에도 두 사람은 패배를 자인할 수가 없었다. 그들의 삶에 패배란 단어는 없었다. 더구나 이렇게 쉽게 죽는다는 건 말이 안 된다. 이건 모두에게 너무나 생경한 경험이었다.

그때였다.

쨍그랑!

이도정의 손에서 검이 떨어졌다.

"사형!"

신화옥이 진노한 음성으로 이도정을 불렀다.

"모두 검을 버려라."

"사형, 우리가 어찌 저런 잔당들에게……!"

쨍그랑!

두 번째 검이 떨어졌다.

사성군 허옥이었다.

얼굴이 대춧빛처럼 붉은 그는 대양궁의 소궁주로 팔성군 중에서도 발군의 지혜를 자랑했다. 비상한 두뇌의 소유자인 만큼 그는 작금의 상황을 누구보다 빨리 파악했다.

쨍그랑! 쨍그랑!

소수옥와 북진무도 검을 떨어뜨렸다.

이제 신화옥만 남게 되었다.

"화옥."

이도정이 그녀의 이름을 무겁게 불렀다.

전날 대망곡에서 조원원을 핍박한데다 법공의 입에 뇌화구까지 쑤셔 박은 신화옥은 패배를 시인하기가 죽기보다 싫었다.

그녀는 눈까풀을 바르르 떨면서 한참이나 시간을 끈 끝에 가까스로 검을 버렸다.

칠성개가 기다렸다는 듯이 달려가 쓰러진 법공을 질질 끌고 나왔다. 입이 풀리고 정신이 든 법공은 뭐가 어떻게 된 영문인지 몰라 눈알을 뱅글뱅글 돌렸다.

이윽고 법공을 안전한 곳까지 끌고 나온 칠성개가 혈도를 풀기 위해 전신을 주무르기 시작했다. 하지만 혈도는 좀처럼 풀리질 않았다. 마구잡이로 점혈을 한 게 아닌 것이다.

"뭔가 고명한 수법을 쓴 모양이야. 가서 장로님과 당 소저를 모셔와라."

개방의 제자 하나가 득달같이 달려갔다.

잠시 후 왕거지와 당소정이 사람들을 제치고 나타났다. 두 사람은 눈만 살아서 끔뻑끔뻑하는 법공을 한참이나 이리저리 살폈다.

강호의 경험이 누구보다 많은 왕거지는 단숨에 신화옥이 쓴 수법을 알아보았다.

"제맥술(制脈術)이구만."

"그게 뭡니까?"

칠성개가 물었다.

"서장 밀교에서 시작된 일종의 점혈법이다. 처음엔 혈도를 짚인 것처럼 근육이 뻣뻣하게 굳지만 반 시진이 지나지 않아 경락이 굳기 시작하지. 한 시진이 지나면 피가 굳고, 두 시진이 지나면 심장이 굳는다."

"심장이 굳으면 죽는 거 아닙니까?"

"당연하지."

법공의 눈이 동그래졌다.

아혈과 마혈을 짚여 옴짝달싹할 수 없지만 정신까지 없는 것은 아니었다.

"여타의 점혈수법과 달리 이놈은 해혈법도 없어."

"이런…… 처음부터 살려둘 생각이 없었군요."

말과 함께 칠성개가 엽무백을 바라보았다.

법공이 인질로 잡힌 상황에서도 과감한 결단을 내리더니 어쩌면 이런 상황을 예견했는지도 모른다는 생각이 들었다. 팔성군의 성정이라면 지금 이곳에서 누구보다 잘 아는 사람이 바로 엽무백이 아닌가.

"치료할 수 있으시겠어요?"

당소정이 왕거지에게 물었다.

"다행히 내게 좋은 약재가 하나 있다네."

말과 함께 왕거지가 품속에서 손때가 묻어 반질반질한 나뭇조각 같은 걸 꺼냈다. 자세히 보니 무슨 동물을 바싹 말린 것 같았다.

"삼십 년 전 사천성 구채구에서 화리(火鯉)를 한 마리 잡았지. 늘그막에 중병이 들면 쓰려고 아껴두었던 건데 엉뚱한 놈에게 빼앗기게 생겼군. 이놈으로다가 기경팔맥을 후끈 달궈놓은 다음 해혈을 시도하면 어렵지는 않을 걸세. 어떤가? 자네는 뇌화구를 제거할 수 있겠나?"

"배를 가르고 창자를 잘라 꺼내면 가장 안심이 되겠지

만······."

법공의 이마에 식은땀이 맺혔다.

"···지금은 도구가 아무것도 없어서 저절로 나올 때까지 기다리는 수박에 없어요."

"저절로 나온다 함은······?"

"밀랍은 소화가 되질 않으니 자극만 주지 않는다면 배변을 통해 항문으로 나오게 될 거예요."

"괜찮을까? 뱃속에서 터져 버리기라도 한다면 아까운 내 화리만 버리게 되는데······."

법공은 눈알을 희번덕거렸다.

개방의 왕 장로를 직접 본 건 오늘이 처음이다.

그가 머릿속에 담고 있는 생각은 거침없이 내뱉는 기인이라는 소리는 들었지만 사람의 목숨이 왔다 갔다 하는데 화리 걱정만 하고 있다니.

그때 칠성개가 말했다.

"걱정하지 마십시오, 장로님. 워낙 명이 질긴 놈이라 그렇게 쉽게 죽지는 않을 겁니다. 아까도 보십시오. 아무리 생각해도 오늘이 제 죽을 날인데 구사일생으로 살아나지 않았습니까. 하필이면 제맥술을 알아본 장로님을 만난 것도 그렇고, 또 하필이면 장로님께 화리가 있는 것도 그렇고."

"그럴까?"

"그럼요."

"뭐, 어쩔 수 없지. 내 소림의 장문인께 신세를 진 적도 있고 하니 이걸로 퉁 치지, 뭐."

칠성개가 누워 있는 법공을 향해 눈을 찡긋해 보였다. 잔뜩 긴장하고 있던 법공의 눈동자가 비로소 풀렸다.

왕거지가 말미에 엽무백을 향해 미세하게 고개를 끄덕여 보였다. 법공은 무사하니 걱정하지 말라는 뜻이다.

엽무백은 뭘 어떻게 하라는 말도 없이 조용히 돌아섰다. 그러곤 호숫가를 벗어나 어디론가 걸음을 옮겼다.

그 모습이 어쩐지 매우 쓸쓸해 보였다.

문풍섭, 한백광, 칠성개, 청성오검 등을 비롯해 수뇌부는 엽무백의 뒷모습을 응시했다. 잠시 침묵이 흐른 끝에 문풍섭이 한백광을 돌아보며 말했다.

"자네가 뒤처리를 해야겠구만."

한백광은 고개를 끄덕인 후 사람들을 돌아보며 준엄한 음성으로 명령을 내렸다.

"팔성군을 단단히 포박하라! 무기는 회수하고, 부상자들은 한 명도 빠짐없이 산정으로 옮겨라!"

第五章 불세출의 선동가

혼세신교의 본산이라 할 수 있는 신궁에 십오만이나 되는 대병력이 집결했다. 한때 초공산의 충직한 수하가 되어 대륙을 질타했던 그들은 지금 각자의 명운을 걸고 골육상쟁의 전쟁을 벌이고 있었다.

전각이 불타고 장원이 시체로 뒤덮였다.

기화요초가 자라던 정원은 쑥대밭이 되어버린 지 오래였고 잉어가 노닐던 수십 개의 연못은 인간의 피로 붉게 물들었다.

흡사 국가 간의 전쟁과도 같은 이 거대한 싸움은 어느 쪽도 승기를 잡지 못한 채 장장 반나절이나 이어졌다. 하지만 정오를 넘기고 해가 서쪽으로 기울기 시작하면서 승기도 따라 기울었다.

팔마궁에서 온 병력이 궁에 상주하던 병력과 대륙 전역에서 올라온 지단의 병력을 압도하기 시작한 것이다.

그 중심에 흑월이 있었다.

흑월은 오랜 세월 신궁에 잠입해 활동하던 일천의 복검자와 동시에 봉기하여 사루, 오원, 육대, 칠당에 남아 있던 고수들을 가장 먼저 제거했다.

그때쯤엔 진령 자락에 매복해 있던 오만의 병력이 신궁을 기습했고, 그들은 흑월과 복검자들의 인도를 받으며 대연무장으로 진격했다.

그리고 지금 흑월과 팔마궁의 병력은 신궁의 칠 할을 장악해 버렸다. 아직도 궁 구석구석에서 산발적인 저항이 이어지고 있었지만 그 역시도 머지않아 비 맞은 불씨처럼 꺼지고 말리라.

남은 것은 대연무장에 집결한 본대였다.

수만 명이 시체로 변하고도 대연무장엔 아직 십만에 달하는 병력이 생사대결을 펼치고 있었다. 바닥은 피로 홍건했고 시체를 밟지 않고서는 단 열 걸음도 뗄 수가 없을 지경이었다.

아침까지만 해도 자신의 절기를 선보이며 무예를 겨루던 비무대 역시 어지럽게 나뒹구는 시체로 가득했다. 아직 식지 않은 시체로부터 흘러나온 피가 청석을 붉게 물들여 갔다.

그 비무대의 한가운데에서 두 명의 고수가 초접전을 벌이고 있었다. 흑월의 월주 이정풍과 신궁의 마지막 남은 타격대 흑풍대의 대주 진세개의 혈투였다.

이정풍은 설명이 필요없는 초절정의 고수, 진세개 역시 철갑귀마대, 혈랑삼대와 더불어 신궁의 삼대타격대로 불리는 흑풍대를 이끌던 고수다.

당주급 이상의 고수들이 대부분 비명횡사한 지금 두 사람의 대결은 전세의 향방을 가를 만큼 중요했다.

하지만 승부는 좀처럼 나질 않았다.

호전적인 성격에 지는 것을 누구보다 싫어하는 흑풍대의 대주 진세개는 시종일관 무서운 기세로 이정풍을 몰아붙였다. 그가 검을 휘두를 때마다 시퍼런 실오라기가 한 자나 뻗어 나왔다.

검기다.

천하의 모든 검수가 평생 도달하기를 바라는 꿈의 경지. 반면 흑월의 월주 이정풍은 검기만이 능사가 아니라는 듯 오직 한 자루 검신에 의지하면서도 용케 검기를 피해 다녔다.

그 모습이 흡사 바람에 나부끼는 깃털 같았다.

그러다 어느 순간 두 사람의 검이 허공에서 격돌했다.

깡!

흡사 도끼로 쇠기둥을 후려친 것 같은 굉음이 울렸다.

둔중한 경파가 파도처럼 번지며 좌중의 공기를 휩쓸었다.

이후 돌연 싸움의 흐름이 바뀌었다.

방어에 치중하며 직접적인 접전을 피하던 이정풍이 지금까지의 소극적인 자세해서 탈피, 소나기 같은 공세를 펼치기 시작한 것이다.

까가가가강!

검과 검이 세차게 격돌하며 새파란 불똥이 튀었다.

이정풍의 검이 무지막지한 속도로 몰아붙이자 진세개의 검극에서 뿜어져 나오던 검기가 허공에 어지럽게 흩날렸다.

그 순간 사람들은 진세개가 밟는 보법을 따라 붉은 핏방울이 뚝뚝 떨어지는 것을 보았다.

이미 옷섶을 흠뻑 적신 것으로 보아 상처를 입은 지 오래되었다. 이정풍이 갑자기 폭풍 같은 공세를 펼치기 시작한 게 바로 저것 때문이었다.

그럼에도 불구하고 진세개는 한 치의 물러남도 없었다.

오히려 더욱 맹렬한 검초를 뿌려대며 이정풍의 검을 막아냈다. 보법은 더욱 현란하게 전권을 드나들었으며 검기는 여전히 이정풍을 위협했다.

그러나 무인들의 생사결만큼 의지와 실력의 차이가 극명하게 드러나는 것도 없다.

어느 순간, 진세개의 검극으로부터 뽑혀 나온 시퍼런 검기가 채찍처럼 이정풍의 목을 휘감아갔다. 때를 맞춰 이정풍의 신형이 호롱불처럼 착 가라앉았다. 말총처럼 잘끈 묶은 그의 머리카락이 허공으로 솟구쳤다.

싸악!

가느다란 소리와 함께 머리카락이 싹둑 잘려 나갔다.

출렁 흘러내리는 머리카락, 삽시간에 산발이 되어버린 이정풍은 전광석화와 같은 동작으로 진세개의 안쪽을 파고들었다.

스칵!

섬뜩한 살음이 진세개의 옆구리를 스쳐 지나갔다.

어느새 좌방으로 빠져나간 이정풍은 진세개의 등에 또 한 번 검흔을 그렸다.

스칵!

두 번의 짧은 살음이 있고 난 후 싸움이 갑자기 멈추었다. 장검을 움켜쥔 채 부들부들 떨고 있는 진세개는 옆구리와 등에서 피를 철철 흘렸다.

당장 치료를 하지 않으면 목숨을 장담할 수 없을 정도의 중상이었다. 하지만 이 고지식하고 호전적인 사내는 피를 철철 흘리는 와중에도 이정풍을 돌아보며 다시 검을 겨누었다.

몸을 타고 흘러내린 피가 발아래로 뚝뚝 떨어지는데도 그는 한 치의 흔들림도 없었다.

"솜씨가 좋군."

진세개가 말했다.

"나 역시 기대 이상이오."

이정풍이 말했다.

"내 피가 얼마 남지 않은 것 같네. 마지막까지 최선을 다해 싸우고 싶은데 좀 더 서둘러 줄 수 있겠는가?"

"물론이오."

말과 함께 이정풍이 자신의 애검 월영(月影)을 높이 치켜들었다. 은은한 백광의 검신이 태양 아래에서 눈부시게 빛났다.

진세개 역시 왼발을 한 걸음 뒤쪽으로 옮겨놓으며 어깨를 비틀었다. 핏물을 머금은 검은 어깨높이에서 이정풍을 향해 일직선으로 놓였다.

그는 이것이 생애 마지막 합이라는 걸 직감했다.

'나보다 강한 자에게 죽을 수 있어서 다행이다.'

이정풍과 진세개의 눈빛이 허공에서 만났다.

그 순간,

"멈추시오!"

갑작스러운 외침과 함께 한 사람이 표표한 신법으로 비무대로 뛰어들었다. 질풍처럼 달려와 이정풍과 진세개 사이로 끼어드는 사람은 신기자였다.

"월주는 검을 거두시오!"

신기자가 다급하게 소리쳤다.

이정풍은 살짝 눈살을 찌푸렸다.

신기자는 비마궁주 이정갑의 총애를 한몸에 받고 있는 귀각(鬼閣)의 각주, 지금이야 일궁의 각주에 불과하지만 거사가 끝난 후 새로운 세상이 열리면 그때는 일인지하 만인지상의 자리에 오를 거물이다.

결코 가볍게 대할 수가 없는 인물.

이정풍은 진세개를 향해 여전히 검을 겨눈 채 세 걸음을 물러났다. 그리고 검을 바깥으로 휘둘러 피를 털어낸 다음 검집에 꽂아버렸다. 더는 싸울 생각이 없는 듯 이정풍은 팔짱까지 낀 채 신기자와 진세개의 대화를 지켜보았다.

"이게 무슨 짓이냐!"

진세개가 두 눈을 부릅뜨며 말했다.

신기자는 침잠한 표정으로 진세개를 응시했다.

"진 대주, 나는 귀하가 어떤 경우에도 신의를 저버리지 않는 영웅임을 알고 있소. 하지만 오늘만큼은 나의 청을 한번 들어주시오. 이제라도 늦지 않았소. 우리와 함께합시다."

"이 무슨 더러운 소린가. 사내로 태어나 두 명의 주군을 섬기란 말인가!"

"창룡군이 죽으면 어떻게 하시겠소?"

창룡군은 성군이던 시절 천제악의 명칭이다.

"무슨 소리냐?"

"지금 무신총에서 천하의 주인을 가리는 전쟁이 벌어지고 있다는 것은 짐작하실 터, 만약 창룡군이 살아서 나오지 못한다면 신교의 주인은 당연히 다른 사람이 될 것이오. 귀하가 궁극적으로 바라는 것이 교주 일인의 영달이었소이까, 아니면 신교의 영광이었소이까?"

"세 치 혀로 나를 기만하지 마라!"

"난 지금 이 자리에서 잘잘못을 따지자는 게 아니오. 또한 명분을 앞세우려는 것도 아니오. 다만 한 가지, 초공산 전대 교주께서 반석 위에 올려놓은 신교를 이끌 수 있는 사람이 누구냐고 묻고 싶을 뿐이오. 교도 간의 골육상쟁을 멈추고 신교를 편안케 할 사람이 진정 누구냐고 귀하의 양심에 묻고 싶을 뿐이오."

"……!"

"보시오. 벌써 수만의 애꿎은 목숨이 사라졌소. 이대로 가면 양패구상을 면치 못할 것이오. 대주께서는 신교의 사직이 뿌리째 흔들리기를 바라시오? 십병귀가 정도무림의 생존자들을 하나로 모으고 있는 이때에 진정 귀하가 원하는 게 그것 이오?"

진세개의 표정이 급격하게 어두워졌다.

천제악이 권좌를 차지하고 난 후에도 신교가 여전히 암투의 소용돌이에서 빠져나오지 못하고 있었던 것은 사실이다.

하지만 그건 어디까지나 팔마궁의 견제와 책략 때문이다. 팔마궁이 없다면 교도들 간에 피를 흘리며 싸울 이유도 없다.

천제악이 팔마궁을 치려는 건 너무나 당연하다.

초공산 전대 교주와 달리 압도적인 무공을 지니지도 못했고, 북천류의 계승자로서 강력한 정통성을 지니지도 못한 천제악에게 팔마궁은 반드시 제거해야 할 대상이다.

반면 팔마궁의 궁주들은 초공산 전대 교주와 함께 천하를 질타하던 충신들로 신교의 여덟 기둥을 이루는 강력한 힘이다.

순서를 따지자면 혼원일기공을 익히지 못한 천제악보다 팔마궁이 훨씬 정통성을 지녔다. 이러저러한 걸 모두 떠나 그들이 순순히 죽어줄 리 없지 않은가.

초공산 전대 교주가 살아서 돌아오지 않는 한 신궁과 팔마궁은 어느 한쪽이 사라져야만 하는 양립 불가의 관계다. 그 과정에서 애꿎은 교도들의 목숨만 죽어나가는 것이 문제다.

둘 중 한 곳을 택해야 한다면 과연 어느 쪽이어야 할까.

진세개의 이마에 주름이 깊어졌다.

그때 신기자가 신형을 날렸다.

그는 비무대를 단숨에 뛰쳐나가더니 광장 동쪽 거대한 화로 곁에 놓인 단으로 올라갔다. 그리고 오늘 아침 십만대성회의 시작을 알렸던 거대한 북 창룡고를 두들기기 시작했다.

둥! 둥! 둥! 둥!

흡사 천둥이 치는 듯한 소리가 광장을 진동시켰다.

신기자의 사자후가 뒤를 이었다.

"다들 싸움을 멈추시오!"

앞서 신기자와 진세개의 대화는 너무나 격정적이었기에 광장에 모여 있던 대부분의 사람에게 똑똑히 들렸다. 대화가 끝날 무렵 창룡고까지 울리자 사람들은 더욱 신경을 쏟는 와중에도 싸움을 멈추지는 않았다.

십만에 달하던 사람들이 어지럽게 뒤엉킨 전투는 몇 마디 말에 멈출 수 있는 것이 아니었다. 도검은 계속해서 난무했고 비명은 끊이질 않았다.

오히려 신기자의 말을 듣고 물러나려는 자들을 득달같이 달려가 베어버리는 상황이 속속 이어졌다. 물러나는 상대를 베는 것은 비겁하기 짝이 없는 짓이다.

동료가 물러나는 중에 당하자 분기탱천한 사람들이 더욱 거세게 공격을 했고, 그 공격을 막기 위해 더 강한 반격이 이어졌다.

싸움은 오히려 점점 더 치열해져만 갔다.

그 순간, 신기자는 곁을 따르던 수신호위의 옆구리에서 느닷없이 칼을 뽑았다. 이어 반원을 그리며 자신의 겨드랑이 아래를 지나도록 크게 휘둘렀다.

놀랍게도 신기자의 왼팔이 싹둑 잘려 나가며 바닥에 툭 떨어졌다. 팔이 잘려 나간 그의 어깨로부터 붉은 핏물이 펑펑 터져 나왔다.

핏물은 창룡고를 흩뿌리고도 모자라 바닥을 흥건하게 적셨다. 눈처럼 하얗던 신기자의 백의장포는 어느새 붉게 변해버렸다.

"군사께서 중상을 입으셨다!"

"의원을 불러라!"

수신호위들이 목구멍이 찢어지도록 외쳤다.

몇몇 사람이 재빠르게 어디론가 달려갔다.

이 느닷없는 상황에 이정풍과 진세개는 두 눈을 부릅떴다 죽일 듯 싸우던 광장의 교도들도 크게 놀란 듯 일제히 물러나며 싸움을 멈췄다.

이게 도대체 무슨 일인가.

좌중이 찬물을 끼얹은 듯 고요해졌다.

언제 다시 피 튀는 격돌이 벌어질지 모르는 팽팽한 대치 속에서 신기자의 말이 이어졌다.

"모두 이제 그만하시오. 이 전쟁의 승패는 이미 우리의 손을 떠났소. 더 이상의 희생은 신교의 사직을 흔들고 적에게 기회만 제공할 뿐. 이제 모두 이성을 찾고 한 발자국씩만 물러나서 사태를 바라봅시다."

한 팔을 주저없이 바친 신기자의 진정성 때문이었을까?

좌중이 이상하게 숙연해졌다.

"신교의 주인은 하늘이 내리는 법. 과연 누가 진정 우리를 이끌 사람인지 지켜봅시다. 모두가 짐작하는바, 지금 무신총에서는 신교의 명운을 건 싸움이 벌어지고 있소. 만에 하나 하늘이 창룡군을 점지했다면, 그래서 창룡군이 살아 나온다면 나는 남은 생을 기꺼이 그를 위해 바칠 것이오."

이 말은 곧 천제악이 기회를 주기만 한다면 백의종군도 마다치 않겠다는 뜻이다. 비마궁의 군사로서 막강한 권세를 누리며 살아온 그가 목숨을 걸고 싸운 정적인 천제악을 위해 남은 생을 바치겠다는 말은 사람들을 크게 흔들어놓았다.

신기자는 이 전쟁이 비마궁을 위한 것이 아닌 신교의 사직을 위한 것이라는 말을 하고 있었다.

사람들은 왜 천제악에게 충성을 바치는 건가. 까마득히 높은 곳에 존재하는 그는 자신들의 얼굴이나 이름조차 모를 것이다.

그런데 왜 그에게 충성을 바치는가.

그건 그가 신교의 교주이기 때문이다. 다시 말해 천제악에게 바치는 충성은 신교에 바치는 충성이어야 한다. 결코 천제악 개인을 향한 충성이 될 수 없다.

신기자는 다시 자신의 수신호위들을 향해 말했다.

"병기를 버려라!"

"군사……!"

"어서!"

신기자를 위해 이정갑이 내어준 수신호위는 모두 서른 명이었다. 그들은 전쟁이 벌어지는 동안 신기자를 그림자처럼 밀착 호위하며 목숨으로 지키라는 임무를 부여받았다.

지금 신기자가 서 있는 단 아래에는 십만에 달하는 대병력이 밀집해 있다. 그들 중 누구라도 마음만 먹으면 단박에 단으로 뛰어올라 신기자를 공격할 수 있다. 수신호위 삼십의 장벽을 뚫을 수 있는 고수라면 신기자의 목숨은 없다.

신기자의 죽음은 사실상 팔마궁의 수좌를 자처하는 비마궁의 전력에 막대한 타격을 줄 것이다. 어쩌면 그의 죽음으로 전세가 바뀔지도 모른다.

하지만 수신호위들은 모두 검을 버릴 수밖에 없었다.

신기자가 한 팔을 바쳐가면서까지 행한 일이지 않은가.

쨍그랑, 쨍그랑, 쨍그랑……

왁자지껄한 금속성과 함께 서른 개의 검이 바닥으로 떨어졌다. 신기자는 할 말을 다 했다는 듯 침잠한 표정으로 광장에 모인 군중을 지켜보았다.

군중은 여전히 팽팽한 긴장 속에서 서로 대치했다.

여기저기서 끝도 없는 술렁거림이 이어졌지만 누구 하나 먼저 병기를 버리는 사람이 없었다. 만에 하나 병기를 버렸다가 앞서의 경우처럼 기습을 당하면 그야말로 개죽음이기 때문이다.

그때였다.

쨍그랑!

그건 신기자가 있는 창룡고의 단으로부터 십여 장 떨어진 비무대 위에서 난 소리였다.

진세개였다.

그가 이정풍을 지척에 두고서 여태 들고 있던 검을 떨어뜨린 것이다.

이어 진세개는 광장에 모인 군웅을 향해 소리쳤다.

"흑풍대의 형제들은 모두 검을 버려라!"

흑풍대에게 대주의 권위는 하늘과도 같다.

진세개의 말이 떨어지기가 무섭게 여기저기서 검을 떨어뜨리는 소리가 들렸다. 흑풍대의 잔여 병력 수백이 검을 모두 버리고 난 후에도 소리는 끊어지지 않았다. 광장에 모인 사람들이 하나둘씩 검을 버리기 시작한 것이다.

특히 천제악의 편에서 싸우던 사람들이 먼저 검을 버렸다.

천제악은 초공산 전대 교주처럼 무림 일통의 대업을 달성하지도 않았고, 오랜 세월 신교를 통치하지도 않았다.

그가 교주가 된 지 겨우 반년 남짓, 그나마 교주가 되고 난 후에도 만장각에 칩거한 채 사직을 돌보지 않았다. 반년의 세월은 충성심이 생기기에 너무나 짧은 세월이다.

멀리서 상황을 지켜보고 있던 이정풍의 입술이 묘하게 뒤틀렸다.

'만약 삼공자 장벽산이었으면 어땠을까?'

장벽산에 대한 교도의 신망은 매우 깊었다.

비록 만박노사의 농간으로 수뇌부 대부분 그에게 등을 돌렸지만 정치적 이해관계에서 먼 절대 다수의 교도는 여전히 장벽산을 신망했다.

장벽산이었다면 이렇게 전개되지 않았을 것이다.

사실 오늘 아침까지만 해도 이정풍은 이 전쟁을 낙관하지만은 않았다. 어느 한쪽이 압도적인 무력을 지니지 못한 상태에서의 격돌은 서로에게 백해무익했다. 전력의 대부분을 손실할 것이 분명했기 때문이다.

이기고도 지는 싸움이란 바로 이런 경우를 말한다. 팔마궁과 천제악이 섣불리 격돌을 못하고 시간을 끈 것도 바로 그런 이유 때문이다.

한데 신기자가 그걸 간단하게 해결해 버렸다.

비록 팔 하나를 바치기는 했지만, 그 대가로 수만의 병력을 건질 수 있다면 오히려 엄청나게 남는 장사가 아닌가.

이후 신기자가 보인 기백은 세인의 입에 오르내릴 것이고, 갈가리 찢겨진 교도의 마음을 하나로 뭉치게 만들 것이다. 신기자에 대한 이정갑의 총애 또한 더욱 깊어지리라.

문득 신기자를 두고 이정갑이 했던 말이 떠올랐다.

"그는 뛰어난 지자이지만 동시에 불세출의 선동가이기도 하지."

하지만 아직 한 가지가 남았다.

신기자가 기꺼이 한 팔을 바친 결과가 밑지는 장사가 될지, 아니면 그에게 일인지하 만인지상의 권좌를 안겨줄지는 무신총에서 일어나고 있는 전쟁의 결과에 딜러 있었다. 이정풍은 침잠한 표정으로 무신총이 있는 서쪽을 바라보았다.

*   *   *

무신총이 피로 물들었다.

초공산을 도와 대륙을 질타했던 삼백의 마군은 성스러운 전대 교주들의 위패를 모신 배전에서 명계의 대마두 일백을 상대로 건곤일척의 승부를 벌이고 있었다.

대부분의 무인이 평생을 두고도 구경하기 어렵다는 검기(劍氣)와 검강(劍罡)이 소나기처럼 난무했다.

귀청을 찢는 굉음이 울리고 지축이 흔들렸다. 배전을 밝히던 백여 개의 청동 화로는 터지고 무너져 사방에 불씨를 토해냈다.

지옥도가 따로 없었다.

고금을 통틀어 이토록 강한 자 사백을 한 공간에 몰아넣고 싸움을 벌인 일은 결단코 없었다. 강한 자 중에서도 좀 더 강한 자만이 살아남을 수 있는 사백의 생사대결은 한 시진이 넘도록 이어졌다.

배전의 중앙, 전대 교주들의 위패를 향해 절을 할 수 있도록 만들어진 석대 위에서는 두 사람이 혼세신교의 운명과 무림의 향배를 놓고 대접전을 벌이고 있었다.

천제악과 이정갑이 그들이었다.

벌써 오백여 합. 쉽지 않을 거라 생각했던 두 사람의 승부는 생각했던 것보다 훨씬 길어졌다. 이정갑이야 재론의 여지가 없는 무신이니 그렇다고 치자.

하지만 이제 겨우 이립(而立)을 바라보는 천제악의 무공은 언제 저렇게 고강해졌단 말인가. 이정갑을 상대로 한 치의 물러섬도 없는 공방을 주고받는 그는 이미 오룡봉성과 오기조원, 삼화취정을 넘어 반박귀진의 경지에 다다라 있었다.

천제악의 나이를 고려해 볼 때 이건 상리를 벗어난 일이다. 혼원귀일신공(混元歸一神功) 덕분이다. 혼원요상신공과 함께 혼세신교를 오늘의 반석 위에 올려놓은 북천류 최강의 비학.

초공산으로부터 대맥을 잇지 못한 천제악이 오랜 시간 만장각에 칩거하며 혼원요상신공을 대신해 찾아내고 복원한 전설의 비학이 바로 혼원귀일신공이다.

초단공에 접어드는 것만으로도 무적을 말한다는 무학, 마성이 너무나 짙어 전대 교주들조차 함부로 익히지 못했다는 금단의 마공은 천제악으로 하여금 인간의 한계를 벗어난 초능력을 발휘하게 만들고 있었다.

천제악이 일장을 내뻗을 때마다 막대한 경력이 철벽처럼 밀려갔다. 대기가 띵띵 울리고 겅기의 폭풍이 석대를 휘감았다. 주먹을 내지를 때는 권강의 벼락이 이정갑을 난타했다.

그러나 그럼에도 불구하고 이정갑은 시종일관 담담한 반격으로 천제악의 공세를 무력화시켰다. 천제악은 이해할 수가 없었다. 이정갑의 무공이 초공산 외에는 누구도 앞줄에 놓지 않을 정도로 대단한 경지를 이루었음은 알고 있다.

하지만 어찌 십성의 공력이 담긴 혼원귀일신공의 경력을, 그것도 맨손으로 받아낸단 말인가.

이정갑은 본시 검사다.

그의 초광비검(超光飛劍)은 무림의 일절로 검에 관한 한 죽은 초공산 전대 교주조차도 이정갑에게 한 수 양보할 정도였다.

그런 이정갑이 검을 들지 않고 맨손으로 자신을 상대했다. 여기에 천제악의 고민이 있었다. 만약 이정갑이 처음부터 검을 들었다면 어떻게 되었을까? 아마 지금처럼 오백여 합을 주고받는 상황까지 오지는 않았을 것이다.

여기까지 생각이 미치자 천제악은 이정갑이 오래전부터 본신의 무공을 숨겼음을 깨달았다. 더불어 그가 지금 어떤 이유에선지 전력을 다하지 않고 있다는 것도.

콰앙!

접장(接掌)의 순간 엄청난 굉음이 울렸다.

막대한 경력이 두 사람의 손바닥으로부터 일어나 무신총을 해일처럼 휩쓸었다. 일렁이던 횃불과 화로의 불들이 꺼질 듯 바닥으로 누웠다가 다시 일어났다.

그 순간 이정갑의 양 손가락이 천제악의 양 손가락 사이로 파고들었다. 네 개의 손이 갈고리처럼 찰싹 달라붙어 두 쌍으로 만들어져 버렸다.

그때부턴 내력과 내력의 대결이었다.

"제법 높은 성취를 이루었구나, 천제악. 하지만 네 끈질긴 생명력도 오늘로써 종지부를 찍을 것이다."

이정갑이 눈동자가 뜨겁게 변했다.

그의 안광으로부터 폭사되는 엄청난 살기가 천제악의 심령을 파고들었다. 그 눈을 지척에서 바라보고 있던 천제악은 가슴이 철렁 내려앉을 정도의 전율을 느꼈다.

'비마궁주가 이렇게 강했나……!'

그 순간 한줄기 뜨거운 화기가 손바닥을 파고들었다. 쩌저적 소리와 함께 경락이 타고, 혈관이 타기 시작했다.

천제악은 혼원귀일신공의 용마기강(龍魔氣罡) 마기를 해일처럼 흘려보내 정체불명의 화기를 밀어내려고 했지만 소용없었다.

폭풍을 뚫고 나는 가루라(迦樓羅)처럼 용마기강을 무력화시킨 화기는 순식간에 팔뚝의 혈관을 익혀 버렸다.

부릅뜬 천제악의 두 눈에서 실핏줄이 터졌다.

"가루라염(迦樓羅炎)!"

이건 혼세신교의 무맥이 아니다.

무공에 미친 인간들의 세상, 금단의 땅 명계에 전해지는 전설 속 비학이다. 더불어 그 옛날 명왕으로 하여금 초공산을 상대로 무려 오백 초나 버티게 만들었다는 북천류와는 상극의 무공이다.

혼세신교의 궁주인 이정갑이 명계의 무학을 받아들였다는
건 신교의 정통성을 정면으로 부정하는 배덕의 행위였다.

그 순간 천제악은 이정갑이 신교의 새로운 맥을 만들려 한
다는 것을 깨달았다. 더불어 반박귀진에 이른 자신을 단지 바
라보는 것만으로도 소름 끼치게 만드는 저 눈빛이 등봉조극
의 경지에 이른 사람만 만들어낼 수 있는 심검(心劍)이라는
것도. 그리고 지난 이백 년 동안 등봉조극의 경지에 오른 사
람은 사부였던 초공산이 유일했다는 것도.

第六章 구룡채(九龍寨)

육반산은 고대로부터 이어져 온 동서 교역로의 경유지다. 황토고원을 가로질러 옥문관(玉門關)으로 향하던 거상들도 이곳에 이르러 육반산에서 흘러 내려온 강물을 말에게 먹이고, 옥문관을 통해 대륙으로 들어오던 이들도 육반산 그늘에서 끼니를 때운다.

수양산 그늘이 강동 팔십 리를 간다는 말처럼 육반산은 무슨 이유에서든 황토고원을 가로지르는 사람들에게 사막에서 만난 샘과도 같다.

그 말은 곧 황토고원을 가로지르는 사람들은 죽으나 사나

육반산 인근을 지나칠 수밖에 없다는 뜻도 된다.

먹을 게 있는 곳에 승냥이 떼가 꼬이는 법.

육반산을 중심으로 한 황토고원 일대는 예로부터 마적 떼와 산적 떼가 끊이지 않고 들끓었다. 북쪽 몽골의 초원지대에서 온 자들은 그들의 장기를 살려 마적 떼가 되었고, 남쪽 중원에서 온 자들은 육반산에 둥지를 틀고 산적이 되었다.

거상들은 위험을 알면서도 끊임없이 몰려들었고, 그렇게 몰려든 거상들은 다시 마적 떼와 산적 떼를 불러들이는 악순환이 거듭되었다.

제아무리 육반산이 웅장하고 황토고원이 드넓다고 해도 한계가 있는 법이다. 종횡으로 얽히고설킨 마적 떼와 산적 떼는 밥그릇을 놓고 싸움이 끊이지 않았다. 수천 명이 죽어나가는 전쟁이 벌어진 적도 여러 번이다.

그러던 어느 해 한 사람이 등장해 이 기나긴 싸움을 종식시켰다. 그는 육반산과 황토고원 일대에서 활동하는 도적떼를 하나씩 평정해 갔다. 끝까지 저항하는 자들은 가차없이 목을 뗐고, 충성을 맹세하는 자들은 수하로 받아들였다.

그렇게 하나둘 평정해 나가다 보니 어느새 육반산과 황토고원 일대에서 활동하는 모든 도적단을 휘하로 거느리게 되었다.

더는 적수를 찾지 못한 그는 육반산 주봉 정상에서 오십 리 정도 떨어진 동쪽 외진 자락에 산채를 열고 뿌리를 내렸다.

구룡채(九龍寨)의 탄생이었다.

구룡채라는 이름은 채주 풍산왕(風散王)과 그를 따르는 여덟 개의 마적단에게서 따온 것이다.

구룡채는 육반산에서 흘러내려 온 물이 황토고원을 만나 작은 연못이 만들어진 개활지에 자리했다. 겨울에는 병풍처럼 둘러싼 육반산이 북쪽에서 불어오는 동풍을 막아주었고 여름에는 시원한 그늘을 만들어주었다.

더불어 뒤쪽의 험준한 육반산을 제외하면 삼면이 광활한 황토고원이어서 언제라도 적의 침입을 알 수 있었다. 산채가 들어서기에는 더없는 천혜의 조건이었다.

그런 구룡채가 육반산의 울창한 수림에서 튀어나온 사람들에 의해 하루아침에 점령당해 버렸다.

만신창이가 되도록 얻어터진 풍산왕과 휘하의 부장들은 자신들의 산채가 적도에 의해 탈탈 털리는 것을 지켜보아야만 했다.

채주를 위해서라면 목숨을 바치겠다던 수하들은 지금 적도에게 음식을 날라다 바치고, 꽁꽁 숨겨둔 약재까지 끄집어내서는 부상자들을 치료해 주고 있었다.

사정은 이러했다.

사위가 어둑어둑해질 무렵, 구룡채의 식구들은 여느 때와 다름없이 구룡연(九龍淵)이라 이름 지은 연못에서 물을 길어다 저녁밥을 짓고 있었다.

그때 육반산의 숲이 통째로 흔들리는가 싶더니 웬 시커먼 놈들이 우르르 쏟아져 나왔다. 그들은 이렇다 할 기세도 없이 마치 길을 가다 우연히 구룡채를 만난 것처럼 찾아왔다.

칠백여 명이나 되는 압도적인 숫자도 숫자였지만, 하나같이 살벌한 기도를 풍기는 자들인지라 구룡채의 산적 백여 명은 싸워보기도 전에 얼어붙어 버렸다.

그때 적진에서 수장인 듯한 자가 앞으로 나와서는 다짜고짜 '이곳이 구룡채가 맞는가?'라고 했다. 풍산왕은 하도 기가 막혀서 '그러는 네놈들은 누구냐?'라고 물었다.

그러자 상대는 밑도 끝도 없이 '당분간 우리가 산채를 접수하겠다. 먹을 것과 부상자들을 치료할 약재를 있는 대로 가져와라'라고 말했다.

이 말에 '예, 그리므닙쇼'라고 한다면 녹림도라는 이름을 떼버려야 한다. 하물며 황토고원을 평정한 풍산왕이 아닌가. 워낙 많은 숫자에 한순간 당황하기는 했지만 풍산왕은 마음을 다잡았다.

평소 솔선수범이야말로 채주의 미덕이라 생각했던 풍산왕은 다섯 명의 부장과 함께 기세 좋게 선공을 펼쳤다.

채주의 무시무시한 무공을 아는 일백의 산적도 뒤를 이어 맹공을 퍼부었다.

하지만 싸움은 채 한식경도 이어지지 않았다.

한동안 우르르, 깡깡, 툭탁툭탁 하더니 풍산왕과 일백의 산적은 저녁밥을 짓다 말고 광장에 대(大) 자로 뻗어버렸다.

신기한 건 그 와중에도 죽은 사람이 한 명도 없다는 것이었다. 그 이유는 쓰러진 풍산왕의 가슴팍을 밟으면서 한 적장의 말로 짐작할 수 있었다.

"선량한 사람들을 약탈해 먹고사는 너희 같은 족속들은 백 번 죽어 마땅하지만, 오늘은 우리가 바로 너희와 같은 짓을 할 수밖에 없는 지경에 처했다. 해서 차마 목숨은 거두지 못하는 것이니 부디 떠날 때까지 칼을 뽑지 않게 해다오."

이쯤 되니 풍산왕은 목숨을 부지하기 위해서라도 백기 투항을 할 수밖에 없었다.

"그래서 네놈이 풍산왕이라고?"

육 척 장신에 우귀사신(牛鬼蛇神)을 연상케 하는 흉악한 인상의 사내가 닭다리를 뜯으며 물었다. 풍산왕과 다섯의 부장은 흠칫 굳었다.

인상 흉악하기로 따지자면 자신들도 어디 가서 빠지는 사람들이 아닌데 눈앞의 저 괴물은 정말 흉신악살 그 자체였다.

"그렇소이다."

늙수그레한 얼굴의 풍산왕이 대답했다.

그와 다섯 명의 부장은 일렬로 서서 사람인지 괴물인지 모를 저 흉인에게 벌써 일다경째 구룡채가 생겨난 배경과 역사에 대해 설명하고 있었다.

"이놈 저놈 죄다 왕이래. 참나."

"내 비록 귀하에게 그야말로 아슬아슬하게 패했으나 황토 고원을 주름잡는 구룡채의 채주요. 귀하가 무도(武道)를 아는 무인이라면 예로써 대해주시오."

"이 새끼 봐라? 오초지적이 아슬아슬한 거냐?"

"그건 귀하가 비겁하게 뒤에서 살금살금 다가와 쇠몽둥이로 뒤통수를 먼저 갈기고 시작하는 바람에 그렇게 된 것이오."

"……!"

법공은 속으로 찔끔했다.

풍산왕의 말이 아주 틀린 것은 아니었다.

엽무백이 이끄는 정도무림의 생존자가 구룡채로 접어든 것은 동이 터 오를 무렵이었다. 전날 금사도에서 있었던 전투로 칠백여 명으로 줄어들었던 결사대는 구룡채에서 일백의 녹림도를 상대로 접전을 벌였다.

아무리 지쳤다고 한들 반의반 토막도 안 되는 녹림 따위가 정도무림의 무인들을 당할 수 있나. 싸움은 한식경도 지나지 않아 싱겁게 끝나 버렸다.

한데 그 와중에도 제법 거세게 저항한 이들이 있었으니 바로 저들 여섯 명이다. 특히 저 풍산왕인지 뭔지 하는 놈은 정도무림의 생존자들을 통틀어도 적수가 많지 않을 만큼 고강했다.

굳이 말을 하자면 칠성개 정도는 능히 찜쪄먹을 수 있을 거라고나 할까?

법공은 지치고, 힘들고, 무엇보다 배가 고파 죽을 지경이었던 칠성개를 상대로 건곤일척의 승부를 벌이고 있던 풍산왕의 등 뒤로 살금살금 다가갔다.

그리고 철곤 한 자루를 뽑아 뒤통수를 냅다 갈겨 버렸다. 놀라운 일은 그다음에 벌어졌다. 머리통을 무쇠로 만들기라도 했는지 풍산왕은 잠깐 휘청거리며 물러나다가 돌연 법공을 향해 거세게 반격을 해왔던 것이다.

대경실색한 법공은 놈이 완전히 정신을 차리기 전에 두 자루 철곤을 뽑아 난타를 시작했다. 그리고 딱 오 초식 만에 풍산왕을 제압할 수 있었다. 풍산왕은 바로 그 싸움의 비겁함을 지적하고 있었다.

"대가리 박아."

법공이 닭다리를 뜯다 말고 말했다.

풍산왕과 오 인의 부장은 수염을 바들바들 떨었다. 일백의 수하가 오며 가며 지켜보고 있다. 제아무리 날강도들이라 한들 어찌 이리 무도하단 말인가.

법공은 두말도 않고 허리춤에 매어둔 철곤 한 자루를 쑥 뽑아 들었다. 그러곤 헐겁게 잡고 보란 듯이 팽글팽글 돌려 보였다. 이렇게 돌다가 갑자기 네놈들 머리통을 후려칠 수도 있다는 듯.

맞는 것은 무섭지 않다.

하지만 저렇게 장난하듯 돌리는 철곤에 머리통이 맞아 터지는 것만큼은 참을 수가 없다.

털썩.

풍산왕을 시작으로 다섯 명의 부장이 재빨리 머리를 박았다. 법공은 그들 앞을 왔다 갔다 하면서 말했다.

"아무리 마도천하라고 해도 그렇지, 세상이 어떻게 되려고 도적놈들이 무도(武道)를 언급하느냐 말이지. 그리고 뭐, 풍산왕? 웃기고 자빠졌네. 네놈들이 팔마궁의 궁주들이냐? 내 오늘 네놈들의 그 썩어빠진 정신머리를 고쳐주고 말리라."

풍산(風散)은 풍비박산의 다른 말이다.

한마디로 걸리면 풍비박산을 내버리는 왕이라는 뜻인데 대륙 구석탱이에 사는 산적 놈에게는 너무나 과분한 별호가 아닌가.

"죽을 때 죽더라도 한 가지는 알고 죽읍시다. 대체 당신들은 누구요?"

풍산왕이 물었다.

법공이 걸음을 우뚝 멈췄다.

그는 얼떨떨하기 짝이 없는 표정으로 한동안 말문을 잇지 못하다가 겨우 입을 열었다.

"여태 우리가 누군지도 모르고 그러고 있었어?"

"당연한 것 아니오. 말을 안 해주는데 어떻게 알겠소?"

"이거 완전히 대책 없는 놈들이네. 네놈들은 바깥에 끄나풀도 안 심어놨어? 세상 돌아가는 걸 그렇게 몰라?"

"혹시⋯⋯."

법공이 소리가 난 왼쪽 끝으로 시선을 휙 던졌다. 작달막한 체구에 머리카락을 뒤로 잘끈 묶은 장한이 슬그머니 고개를 쳐들었다. 풍산왕의 다섯 부장 중 첫 번째인 왕일건이라나 뭐라나.

"멸천멸마 정도무림의 결사대⋯⋯?"

"아니면 이 미묘한 시국에 누가 이만한 병력을 이끌고 진령을 넘었겠어?"

"그렇다면 귀하가 십병귀⋯⋯!"

왕일건의 목소리는 경직되다 못해 심하게 떨리고 있었다. 풍산왕과 다른 네 명의 부장 역시 크게 동요하고 있었다.

"왜 내가 십병귀라고 생각하지?"

"소문을 들었소. 키는 칠 척에 육박하고 얼굴은 우귀사신을 방불케 할 만큼 흉악하고, 싸움에 임해서는 수단과 방법을 가리지 않는 미치광이 살인마라고 하더니 과연……."

"……!"

좌중에 싸늘한 침묵이 흘렀다.

풍산왕과 그의 부장들은 오금이 저렸다.

잠시 침묵이 흐른 후에 법공의 입이 열렸다.

"한 짝 다리 들어."

만월이 뜬 탓에 산채는 내공을 익힌 무인이라면 움직이는 데 전혀 불편한 점이 없을 정도로 밝았다. 하지만 상황이 상황인지라 사람들은 곳곳에 횃불을 대낮처럼 밝혀놓았다.

혹시라도 침입해 올지 모르는 적에 대비하기 위해서다. 불을 밝혀 자신들의 위치를 노출하는 것이 더 위험할 수도 있지만 지금은 오히려 그 반대였다.

칠백이나 되는 병력의 이동을 천망이 모를 리 없었기 때문이다. 그럼에도 불구하고 이곳 구룡채에서 잠시 휴식을 취하는 것은 부상자들로 말미암은 어쩔 수 없는 선택이었다.

당소정은 패잔병처럼 곳곳에 흩어져 요기를 하는 사람들을 지나 산채의 서쪽 후미진 곳으로 갔다.

그곳에 거대한 암맥이 있었다.

구룡채는 육반산의 자락에서 약간 벗어난 개활지에 자리
했다. 개활지에 자리한 녹림의 소굴을 목채라고 하지 않고 산
채라고 하는 것은 육반산으로부터 꿈틀거리며 뻗쳐 나온 이
암맥 때문이었다. 산채의 가장자리에 떡하니 자리 잡은 암맥
이 아직은 산자락 같은 느낌을 주는 것이다.

바로 그 암맥에 쩍 하고 벌어진 틈이 있었다.

위쪽은 대여섯 장 높이에서 벌어진 채로 찰싹 달라붙어 자
연스럽게 비바람을 막아주었고, 아래는 마차 한 대가 지나갈
만큼 넓어서 전체적으로 삼각의 형태를 이루었다.

녹림도는 이 벌어진 암맥의 양쪽 출구를 굵은 쇠창살로 촘
촘하게 박아 뇌옥으로 썼다.

뇌옥의 앞에는 중무장을 한 십여 명의 무인이 철통같은 경
계를 펼치고 있었다. 당소정이 나타나자 경계를 책임지고 있
던 조원원이 반색을 하며 달려왔다.

"언니, 당 공자는 좀 어때요?"

당엽을 말하는 것이다.

"많이 좋아졌어."

"다행이다. 생명엔 지장이 없겠죠?"

당소정은 잠시 주변을 둘러본 후 모기만 한 목소리로 말했
다.

"생명에 지장이 없을뿐더러 자정 무렵이면 툭툭 털고 일어날걸. 예전의 무공을 모두 회복하려면 사나흘 더 지나야 하겠지만."

"말도 안 돼. 어깨의 관통상은 그렇다고 쳐도 옆구리의 상처가 예사롭지 않았는데 어떻게……."

"쉿, 목소리 좀 낮춰."

당소정은 조원원의 옷자락을 끌어당긴 다음 더욱 작은 목소리로 속삭였다.

"나도 이런 경우는 처음 봐. 시간이 지날수록 상처 부위가 스스로 아물면서 끊어진 근육을 잇고 있어."

"그런 일이 가능해요?"

"물론 정상적인 방법으로는 불가능하지."

"정상적인 방법으로 불가능하다면 혹시……."

"맞아. 사공(邪功)이야."

"곤륜사괴가 익힌 나환대라술(螺環大羅術)과 같은 유의 것인가요?"

"그렇진 않은 것 같아. 곤륜사괴가 익힌 나환대라술은 죽은 지 한 달이 채 안 되는 사람의 주검에서 생겨나는 시충(尸蟲)을 음복하면서 익히는 심법이야. 죽은 지 한 달이 안 되는 시체를 구하기 어렵기 때문에 마인들은 직접 사람을 잡아다 차례로 죽이면서 시충을 기르지. 그래서 사공으로 분류되지만 여타의 사공과는 달리 주화입마에 걸리지 않는다는 특징이 있어."

"당 공자의 그것은 아니라는 말씀인가요?"

"끊어진 근육이 급속도로 빠르게 이어지지만 반대급부로 경락과 혈도가 펄펄 끓고 있어. 그 기운에 반응해서 그의 단전에서도 정체를 알 수 없는 무언가가 꿈틀거리고. 뭔지 모르겠지만 한 가지는 분명해. 이대로 가면 그는 스스로도 통제할 수 없을 지경이 될 거야."

"그 말은……?"

"광인이 된다는 뜻이지."

"언니, 그가 그렇게 되도록 내버려 두어선 안 돼요!"

"내가 할 수 있는 일이 아니야. 그가 익힌 사공은 나로서도 한 번도 들어보지 못한 괴공인걸. 지금까지 해준 것도 상처 부위를 지지고 시간마다 금창약을 새로 발라준 것밖에 없어. 나머진 그가 온종일 운공을 통해 치료하고 있을 뿐."

"엽 공가라면 도움을 줄 수 있지 않을까요?"

"나도 물어봤어."

"그랬더니요?"

"그가 미칠 기미를 보이면 주저 말고 명줄을 끊어놓으라고 하던걸. 안 그러면 강호는 엄청난 살성의 탄생을 보게 될 거라고."

"못된 인간!"

"그러면서 덧붙이더라고. 하지만 그런 일이 일어날 가능성은 아주 희박하니 염려 말라고. 그는 진절머리가 날 정도로 지독한 독종이라 주화입마 따위에 이성을 빼앗기는 일 따위는 없을 거라고."

"정말요?"

"엽 공자가 그랬으니 그런 그겠지."

"휴우, 언니가 그렇게 말을 해주니 조금은 안심이 되네요."

"내가 아니라 엽 공자가 그랬다니까."

"어쨌든요. 한데 당 공자는 왜 그렇게 무서운 사공을 익혔을까요?"

"그가 어떤 사연을 가졌는지는 알고 있지?"

"네."

"약으로는 끝내 동생을 치료할 수 없게 되자 사공에 매달린 것 같아."

당엽이 요괴몽에 걸린 어동생을 실리기 위해 그의 짧은 날을 모두 바쳤다는 건 알고 있다. 여동생이 죽은 지금도 그는 지난날을 잊지 못하고 치료법을 찾아 헤매는 중이다. 바로 그 치료법을 얻기 위해 자신들과 동행하는 것이다.

조원원은 금세 쓸쓸한 표정이 되었다.

당엽의 사연이 너무나 아파서였다.

"그가 빠른 속도로 회복되고 있다는 건 동생하고 나만 아는 비밀이야. 알았지?"

"왜요?"

"그가 사공을 익혔다는 걸 알면 사람들이 꺼리지 않겠어?"

"말도 안 돼요. 그가 우리를 위해 얼마나 용감하게 싸워줬는데. 전투가 벌어지면 언제나 선봉에 서서 적의 예기를 무참하게 꺾어놨어요. 우리가 여기까지 올 수 있었던 공의 절반은 그의 것이에요. 언니도 알잖아요."

"다른 사람들도 알아. 하지만 백인백색이라는 말도 있잖아. 이렇게 많은 사람들이 모이면 아무리 좋은 사람들이라고 해도 마음이 한결같을 수는 없어. 무엇보다 당 공자 자신이 불편해할 거야. 솔직히 말하면 그도 비밀을 지켜달라고 내게 부탁한 걸 동생한테만 말해준 거야. 안 그러면 몇 날 며칠을 걱정할 테니까."

"알았어요."

조원원이 고개를 끄덕였다.

하지만 그녀의 얼굴은 전혀 펴지지 않았다.

상처가 빨리 치료된다는 건 다행스러운 일이었지만 그가 사공을 익혔다는 게 다시 걱정이 되었다. 대저 사공이란 온갖 주화입마를 동반하는 법. 이러다가 광인이라도 되면 큰일이다.

"그렇게 걱정되면 조금 있다 나랑 같이 가서 보지그래. 여기만 들렀다가 당 공자에게 갈 건데."

"저도 그러고 싶지만 저 썩을 것들 때문에요."

조원원이 말미에 쇠창살 너머 뇌옥을 가리켰다.

암맥이 벌어진 틈을 개조해 만든 뇌옥 안에는 이제 다섯만 남은 팔마궁의 후예들이 양손을 쇠사슬로 금제당한 채 굵은 쇠말뚝에 묶여 있었다.

비마궁의 소궁주 이도정, 벽력궁의 소공녀 신화옥, 초마궁의 소궁주 북진무, 대양궁의 소궁주 허옥, 이화궁의 일제자 소수옥이 그들이다.

구룡채를 접수하자마자 정도무림의 생존자들은 이들 오성군에게 튼튼한 금제를 가하기 위해 방법을 강구했다.

때마침 산채에는 녹림도들이 병장기를 만들고 수리하는 대장간이 있었다. 대장간에서 정체 모를 쇠사슬을 발견한 사람들은 그걸 달구고 두들긴 다음 오성군 손목에 철갑을 채웠다.

그들의 엄청난 내공을 고려해 코끼리도 끊지 못할 정도로 굵게 만들었음은 물론이다. 철갑은 다시 쇠사슬과 연결되어 몸통으로까지 둘러졌다.

덕분에 오성군은 두 발과 입 외에는 아무것도 자유로운 게 없었다. 그나마 지금은 다섯 명이 굴비처럼 하나로 엮여 있었다.

"문을 열어줘."

"조심해요, 언니."

조원원이 말과 함께 쇠창살문을 열어주었다.

당소정이 당엽을 살려내고 난 이후 조원원의 입에서는 언니라는 말이 부쩍 자주 나왔다.

당소정은 안으로 들어갔다.

길게 이어진 뇌옥의 바닥은 바깥에서 볼 때보다 훨씬 넓었다. 당소정은 육성녀 소수옥의 앞에 이르러 약함을 내려놓으며 말했다.

"상처를 좀 살펴야겠어요."

소수옥은 대답하지 않았다.

딱히 상처 부위를 내밀어 보이지도 않았다.

당소정 역시 개의치 않고 검상 입은 그녀의 목덜미를 깨끗한 헝겊으로 닦아내기 시작했다. 검흔은 경동맥을 아슬아슬하게 비켜가고 있었다.

소수옥은 자신을 치료해 주는 당소정을 시종일관 차갑고 무심한 표정으로 응시했다. 당소정은 소수옥의 얼굴이 차가운 가운데도 참 맑다는 생각을 했다.

세상에는 정말 많은 미인들이 있다.

당장 조원원만 해도 그렇다.

꾸미질 않아서 그렇지 그녀는 어디에 내놔도 빠지지 않을 미모였다. 요요한 허리는 아무 옷이나 걸쳐도 맵시가 났고 깜찍한 뒤통수에 매달려 찰랑거리는 머리카락은 보기만 해도 사랑스러웠다.

문파의 제자들이 강호를 주유하며 교분을 나누던 옛날 같았으면 해월루의 문턱이 매파들의 발길로 몇 번을 닳아 없어졌을 것이다.

조원원이 수수한 가운데 때 묻지 않은 깨끗함이 느껴지는 들꽃이라면 신화옥은 영락없이 온실에서 자란 난초다.

그녀의 자세와 태도, 그리고 표정 하나하나에는 고귀한 기품이 서려 있었다. 아름답고 고귀한 가운데 상대를 압도하는 화려함을 지닌 사람이 바로 신화옥이다.

소수옥은 좀 묘했다.

그녀는 조원원처럼 수수하지도, 신화옥처럼 화려하지도 않았다. 그녀는 맑았다. 맑으면서 육감적이었고, 육감적이면서 치기 있다.

이런 이화궁의 소수옥을 일컬어 호사가들은 이런저런 입방아를 찧어댔다.

당소정도 들어본 적이 있다.

어떤 사람들은 소수옥을 일컬어 장차 신교를 어지럽힐 우물(尤物)이 될 것이라고 했고, 또 어떤 이들은 지고한 성녀(聖

女)가 될 것이라고 했다.

어느 쪽이 맞는지는 오직 그녀만이 알 일이다.

하지만 앞으로 세간의 평가는 크게 달라질 게 분명했다. 목덜미에 섬뜩한 검흔이 새겨진 여인을 여전히 아름답다고 말할 사람은 그리 많지 않을 것이기 때문이다.

금사도에서 엽무백을 상대로 싸울 때 입은 상처였다. 소수옥이 펼친 이화십팔만결(移花十八萬訣)은 검이 나아갈 수 있는 모든 방향을 총망라한, 그야말로 상상력의 극한에 있는 감각 검법이다.

또한 소수옥은 이도정과 맞설 수 있는 유일한 사람이란 말이 돌 만큼 고강한 여검사다. 그런 그녀가 섭대강, 허옥과 협공을 하고도 엽무백에게 단 십여 초식 만에 패했다.

섭대강은 목숨까지 잃었으니 검흔 하나로 대가를 치른 것을 다행이라고 생각해야 할까? 절대로 아니다. 얼굴 부위에 새겨진 검흔이 얼마나 아픈지는 오직 여자들만 알 수 있을 것이나. 아름다운 여자라면 더욱더.

"하마터면 큰일 날 뻔했어요. 검이 반 치만 깊었어도 경동맥이 잘렸을 테고, 그럼 목숨을 장담할 수 없었을 거예요."

소수옥이 마음에 입었을 상처를 알면서도 당소정은 위로를 해주고 싶었다. 찢어 죽여도 시원찮을 적인데 왜 이런 말을 하고 있는 걸까. 그녀의 아름다움이 아까워서일까, 아니면 같은 여자로서 측은한 마음이 들어서였을까?

"흥, 병 주고 약 주는군."

신화옥이 곁에서 콧방귀를 뀌었다.

금사도에서 이곳까지 오는 동안 사람들이 어찌나 거칠게 다뤘는지 그녀의 옷자락은 만신창이가 되어 있었다. 곱게 빗은 머리카락도 제멋대로 헝클어져 까치집이 따로 없었다.

이건 신화옥에게 죽음보다 더한 치욕이었다.

그녀가 언제 이런 막대접을 받아보기나 했을 것인가. 신화옥뿐만이 아니었다. 소수옥을 비롯해 오성군 모두가 꼴이 말이 아니었다.

당소정은 신화옥을 힐끗 바라보고는 다시 소수옥에게 물었다.

"하지만 안심할 단계는 아니에요. 상처가 곪아 안으로 썩어 들어가고 있어요. 서둘러 치료를 해야 하는데 두 가지 방법이 있죠. 하나는 불에 달군 인두로 지지는 것. 확실하고 빠르게 치료가 되는 반면 흉터가 훨씬 크고 징그럽게 남을 거예요. 다른 하나는 반 시진마다 상처 부위를 깨끗한 헝겊으로 닦아내고 고름을 짜주면서 금창약을 바르는 건데 시간이 오래 걸리고 균이 경동맥을 건드릴 경우 자칫 목숨을 잃을 위험이 있어요."

목숨을 잃을 위험이 있다는 말에 오성군의 표정이 딱딱하

게 굳었다. 특히 이도정은 눈썹을 사납게 치켜뜨며 당소정을
바라보았다.

"왜 날 치료해 주는 거죠?"

소수옥이 물었다.

표정만큼이나 차가운 목소리였다.

"그가 당신을 살려놓으라고 했으니까요."

엽무백을 말하는 것이다.

"그에 대한 신뢰가 깊군요."

"우리의 유일한 희망이죠."

"당신, 사천당가의 소공녀 맞죠?"

"맞아요."

"사천당문의 생존자들이 대별산에서 철갑귀마대에게 멸문
지화를 당할 당시 이화궁이 일조를 했다는 것 알고 있나요?"

"사천당문의 멸문에 대한 책임을 이화궁과 철갑귀마대로
한정하고 싶나요?"

"……?"

"내 적은 당신들 모두예요. 언젠가는 그 대가를 치르게 될
거예요."

한 치의 물러섬도 없이 시퍼런 서슬을 드러내는 당소정의
모습에 소수옥은 약간 당황한 듯했다. 그때 신화옥이 또 콧방
귀를 뀌었다.

"흥, 그까짓 사천당문이 뭐 대단하다고."

신화옥은 두 손을 금제당한 상태에서도 고리눈을 뜨고는 연거푸 당소정을 몰아붙였다.

"이봐, 당가의 계집, 네년이 그렇게 믿고 따르는 십병귀가 한때는 신교의 칼로서 정도무림의 고수들을 처단하고 다녔다는 사실을 알고 있나? 어쩌면 사천당문의 혈족 중에도 그의 칼에 쓰러진 자가 있을지 모르지. 네년이 아무리 그럴듯한 명분을 갖다 붙여도 그는 너희가 증오해 마지않는 마인이야. 너는 그런 마인과 붙어먹는 년이고. 어때? 네 힘으로는 죽었다 깨어나도 복수를 못할 텐데, 차라리 그놈 앞에서 치마끈이라도 풀며 애원해 보지그래. 혹시 알아? 여자라면 사족을 못 쓰는 새끼니까 못 이기는 척하며 받아줄지. 하하하!"

"이년이 터진 주둥아리라고 막 지껄이네!"

조원원이 불쑥 나섰다.

욕이라면 누구에게도 지지 않는 그녀는 다짜고짜 신화옥의 미리채를 틀어쥐더니 짝 소리가 나도록 따귀를 올려붙였다.

신화옥의 고개가 팩 돌아갔다.

"네, 네까짓 게 감히……!"

신화옥은 흐트러진 머리카락 사이로 두 눈을 부릅뜨고 조원원을 노려보았다. 꽉 깨문 어금니 사이로 피가 흘러나왔다.

"뭘 봐, 이 개 같은 년아!"

조원원이 신화옥을 사정없이 짓밟기 시작했다.

"누군 욕을 할 줄 몰라서 안 하는 줄 알아? 이 천박하기 짝이 없는 년! 얼굴이 제법 반반해서 뭐 좀 있는 줄 알았더니, 너 같은 년은 우리 당 언니한테 비하면 난초 앞의 쑥부쟁이다, 이 개 같은 년아!"

"이 발정 난 당나귀 같은 년!"

분기탱천한 북진무가 발작적으로 일어서는 바람에 쇠사슬이 요란하게 울려댔다. 바로 곁에서 쇠사슬로 연결되어 있던 허옥이 덩달아 딸려 올라왔다.

양손을 금제당했다고 해도 두 발은 여전히 멀쩡하다. 북진무는 기묘한 발재간으로 조원원의 정강이를 휘어 감았다. 동시에 어깨로 조원원의 상체를 사정없이 밀어붙였다.

조원원은 막강한 경력이 밀려오는 걸 느꼈다.

"악!"

뺑! 소리와 함께 조원원은 뒤쪽의 벽에 부딪혔다가 퉁겨져 나왔다. 뼈에 금이라도 갔는지 온몸이 욱신거려 왔다.

바깥에 있던 무인들이 일제히 도검을 뽑아 들고 뇌옥 안으로 들이닥치면서 한순간 살벌한 분위기가 만들어졌다.

그들은 병장기를 오성군에게 겨누는 한편 일제히 조원원을 돌아보았다. 그녀의 상태가 궁금했기 때문이다.

조원원은 뭔가 더러운 거라도 묻은 듯 북진무와 부딪친 어깨를 한 손으로 툭툭 털었다.

"홍, 이렇게 나온단 말이지. 네놈들이 지금 지옥에 와 있다는 사실이 잘 실감 나지 않는 모양인데, 이참에 내가 확실하게 가르쳐 주지."

말과 함께 조원원이 허리에 매어둔 연검을 득달같이 뽑아 들었다.

금사도에 살았던 결사대가 호수 바닥에서 백골로 발견되고, 그들을 만나겠다고 갔던 정도무림의 생존자 수백이 죽고, 당엽까지 곤륜사괴에게 당해 죽을 뻔한 이후 조원원의 분노는 하늘을 찌를 듯했다.

말은 않지만 속으로 이를 바득바득 갈고 있었다. 그런 와중에 자기가 좋아해 마지않는 당소정이 오성군 중에서도 가장 싫어하는 신화옥에게 치욕스런 말을 들었다.

갈가리 찢어 죽여도 시원찮다.

조원원은 북진무를 향해 성큼성큼 다가갔다.

눈동자에는 기광까지 도는 것이 당장에라도 목을 뎅경 칠 기세였다.

"멈춰!"

갑작스러운 목소리와 함께 나타난 사람은 남궁옥이었다. 그는 이도정을 비롯해 오성군을 한차례 쓸어보고는 다시 조원원에게 시선을 옮기며 물었다.

"무슨 일이오?"

"저것들이 당 언니를 모욕했어요."

남궁옥이 당소정에게로 고개를 돌렸다.

사실이냐고 묻는 것이다.

"별일 아니었어요."

당소정이 말했다.

"별일 아니긴 뭐가 아니에요. 저 이성녀인지 뭔지 하는 년이 언니를 두고 마인과 붙어먹기 위해 치마끈도 풀어줄 거라고 했다고요!"

부아가 치민 탓일까.

조원원은 굳이 하지 않아도 될 얘기까지 하며 방방 뛰었다. 그러다 이내 실태를 깨닫고는 얼굴이 빨개졌다.

남궁옥의 표정이 착 가라앉았다.

붙어먹는다는 마인은 분명 엽무백을 두고 하는 말일 것이다. 당소정을 마음에 두고 있는 남궁옥에게는 그녀가 모욕을 당했다는 것만으로도 치가 떨렸다. 하물며 다른 사람을 두고 차마 입에 담기 힘든 남녀 간의 일까지 들먹였으니 오죽하랴.

그가 당소정을 부쩍 애틋하게 생각하게 된 건 그간의 일 때문이었다. 몽중연에서 처음 엽무백을 만난 이후 당소정은 계속 그와 동행했다.

반면 남궁옥은 비선을 이끌며 외곽에서 지원을 하는 한편 이따금 조우를 할 때만 이렇게 얼굴을 보았다.

정확히 말하면 두 번이다.

몽중연에서 헤어졌다가 한참 시간이 흐른 뒤에 무당산에서 다시 만났다. 그리고 채 반나절이 지나기도 전에 두 사람은 또 헤어졌고, 어제 가까스로 다시 만났다.

이후 아직 둘만의 시간을 가져보지 못했다.

금사도의 전설이 허상으로 밝혀진 지금 남궁옥은 칠백의 생존자를 이끄는 수뇌부로서 해야 할 일이 많았고, 당소정은 부상자들을 돌보느라 눈코 뜰 새가 없었다.

당소정은 당소정대로 마음이 좋질 않았다.

그녀는 오래전부터 남궁옥의 마음이 자신을 향하고 있음을 알았다. 그녀도 남궁옥이 싫지는 않았다. 아마 엽무백이 나타나지 않았고, 정도무림의 생존자들이 대거 은거를 깨고 나와 금사도행을 하지 않았다면 언젠가는 그와 혼례를 치르고 함께 살았을지도 모른다.

하지만 엽무백이 나타나면서 모든 게 바뀌었다.

남자보다는 금사도를 찾는 것이 중요했고, 한가한 사랑놀이보다는 마교를 무너뜨리고 당문을 재건하는 일이 중요했다.

"치료는 끝났어?"

남궁옥이 당소정에게 물었다.

표정은 평소와 다름없이 평온했다.

남궁옥은 감정을 드러내지 않으려고 애썼다. 혹여 당소정이 상처를 받으면 자신의 마음이 더욱 아플 것이기에.

당소정은 약함을 들고 조용히 일어났다.

그리고 소수옥을 돌아보며 말했다.

"시간이 걸리더라도 반 시진마다 상처를 닦는 걸로 하죠."

당소정은 뇌옥을 나갔다.

남궁옥도 붙잡지 않았다.

하고 싶은 말은 밤을 새워도 모자랄 정도로 많았지만 지금 같은 상황에서 붙잡고 있으면 그녀를 더욱 힘들게 할 뿐이다.

"소저도 그만 가서 쉬시오."

남궁옥이 조원원에게 말했다.

"아니에요. 제가 맡은 일이니 끝까지 완수를 해야죠."

"갈 길이 머오. 여긴 내가 지키고 있을 테니 요기라도 좀 하시오. 지금처럼 제대로 된 식사를 할 시간도 이제 없을 거요."

"그럼 그럴까요?"

조원원은 간단하게 포권지례를 하고는 뇌옥을 나갔다. 그러곤 앞서 간 당소정을 따라잡으려는 듯 조르르 달려갔다.

"여러분도 다녀오시오."

"저희둡쇼?"

퉁퉁한 몸집의 장년인이 물었다.

후덕한 인상과 달리 한 자루 장창을 귀신같이 다루는 그는 신창양가의 속가제자 염악이었다. 그는 항상 산동 일대에서 온 무인 십여 명을 거느리고 움직였는데 오늘은 조원원을 따라 뇌옥을 지키라는 임무를 받은 모양이었다.

"설마하니 내가 금제를 당한 채 뇌옥에 갇힌 오성군을 감당하지 못할 거라고 생각하는 건 아니겠지요?"

남궁옥이 물었다.

염악은 아연실색해졌다.

남궁옥은 한때 강동의 패자를 자처하던 대남궁세가의 소공자, 그는 자신들 열 명이 한꺼번에 덤비더라도 옷자락 하나 건드릴 수 없는 절정의 고수다.

"어이쿠, 그럴 리가 있겠습니까. 저희는 다만 남궁 대협께 뇌옥 따위나 지키는 임무를 맡기려니 송구스러워서 그렇지요."

"사람 위에 사람 없고 사람 밑에 사람 없는 법입니다. 여러분이 남궁가의 식솔들도 아닐진대 지나친 겸양은 제가 반기 민망합니다."

염악을 비롯한 십 인은 먹먹해졌다.

남궁옥이 군자 중의 군자라더니 과연 그렇지 않은가. 사람들은 남궁옥의 말에 진심으로 감복했다.

"그럼 염치 불고하고 잠시 자리를 비우겠습니다."

염악이 사람들을 돌아보며 말했다.

"다들 가자고."

염악과 그를 따르던 사람들이 하나둘 떠나면서 뇌옥에는 남궁옥과 오성군만 남게 되었다. 남궁옥은 주변을 둘러보고 아무도 없음을 거듭 확인한 후 이도정에게 물었다.

"팔성군이 직접 금사도에 나타날 줄은 몰랐소."

"이제는 오성군이지."

신화옥이 자조 섞인 음성으로 말했다.

남궁옥은 신화옥에게 한차례 시선을 던진 후 다시 이도정에게 물었다.

"어떻게 된 거요?"

"네가 그것까지 알 필요는 없잖아?"

이번엔 북진무가 가로챘다.

남궁옥은 개의치 않고 계속해서 이도정에게 물었다.

"궁주의 허락을 받은 일이오?"

"이런 시건방진……."

북진무가 두 눈을 홉떴다.

남궁옥은 이도정을 향해 질문을 하는데 대답은 자꾸만 신화옥와 북진무가 번갈아 했다. 남궁옥은 북진무를 향해 한차례 무섭게 쏘아보며 말했다.

"일을 복잡하게 만들고 싶소?"

"뭐?"

북진무가 금제를 당한 상태에서도 몸을 일으키려 했다. 할 수 있는지 없는지는 모르지만 기세만큼은 당장에라도 벼락을 내릴 기세였다.

"그만."

이도정이 북진무를 만류했다.

그리고 다시 남궁옥을 향해 말했다.

"그와 겨뤄보고 싶었다."

"덕분에 일이 아주 더럽게 꼬였다는 건 알고 있소?"

이도정은 참담한 표정으로 눈을 감아버렸다.

"꼬이고 말고 할 게 뭐 있어. 어서 금제나 풀라고. 나머지는 우리가 알아서 하지."

사성군 허옥이 말했다.

"난 신궁과 거래를 했소. 또한 거래 조건에 당신들의 안위는 없었소."

"그래서 우리가 알아서 한다잖아. 우리가 누군지 몰라서 그래? 지금 이 상황에서 우리의 안위보다 더 중요한 게 있을 것 같아?"

"그건 당신들의 가치에 달렸겠지."

"당소정이 그 여자 맞지?"

북진무가 입가에 냉소를 띠며 물었다.

남궁옥은 대답하지 않았다.

대신 표정이 묘하게 일그러졌다.

북진무가 다시 말했다.

"후후. 오랜 세월 공들인 계집을 엉뚱한 놈에게 빼앗기게 생긴 기분이 어떤가?"

"진무, 그만하라!"

이도정이 정색을 하고 말했다.

남궁옥은 이도정을 한차례 힐끗 바라보고는 다시 북진무를 바라보았다. 무심한 표정으로 북진무를 내려다보는 그의 눈에 한광이 맺혔다.

그 순간, 북진무가 갑작스럽게 가슴을 쥐어뜯으며 쓰러졌다. 눈은 허옇게 까뒤집혔고 입에서는 게거품이 쉴 새 없이 흘러내렸다. 흡사 간질병 환자처럼 온몸을 꼬고 비트는 북진무에게서 오성군으로서의 위엄 따위는 찾아볼 수가 없었다.

"독……!"

사성군 허옥이 단말마를 흘렸다.

소수옥과 신화옥이 재빨리 상체를 숙여 북진무의 상태를 살폈다.

"무영단장(無影斷腸)이에요."

소수옥이 말했다.

이제는 다섯으로 줄어버린 팔성군 중에서 소수옥은 독에 가장 정통한 사람이었다. 소수옥의 말처럼 북진무가 당한 것은 무영단장이 맞다. 서둘러 운공하지 않으면 창자가 가닥가닥 끊어지다가 결국엔 목숨을 잃게 되리라.

운공을 한다고 해도 단전을 지킨다는 보장이 없다. 운이 좋다면 지금까지 쌓은 내공의 오 할은 건질 것이다. 그러고도 사흘 동안은 오장육부가 뒤집히는 고통을 겪어야 한다.

"이게 무슨 짓이야!"

허옥이 진노한 눈으로 물었다.

착 가라앉는 음성, 한기. 허옥은 북진무가 당한 치욕이 마치 자신의 일인 것처럼 분노했다.

남궁옥은 여전히 무심한 얼굴로 말했다.

"잊었나 본데, 난 단지 거래를 할 뿐 당신들의 수하가 아니오. 경고하건대, 다시 한 번 그녀를 모욕했다간 죽음으로 대가를 치르게 해주겠소."

남궁옥은 이어 이도정을 향해 말했다.

"팔마궁이 신궁을 상대로 전쟁을 벌였다고 들었소. 당신들을 치리하는 문제는 전쟁의 결과를 보고 결정히겠소. 살고 싶다면 팔마궁이 이기기를 바라시오."

남궁옥은 그 말을 끝으로 거침없이 돌아섰다.

第七章

이별을 하다

　뇌옥을 빠져나온 당소정은 사람들이 옹기종기 모여 앉아 식사를 하고 있는 광장을 가로질러 서쪽으로 향했다.

　조원원이 달려와 어깨를 나란히 했다.

　"왜?"

　"밥 좀 먹으려고요."

　"언젠 오성군을 지켜야 한다더니."

　"남궁옥 공자가 잠시 맡아주겠대요."

　"남궁 선배가?"

　"취조라도 하려나 봐요."

"그런데 왜 날 따라오지? 밥을 타려면 위쪽으로 가야지."

"아, 막상 나오고 보니까 또 배가 안 고프네요."

당소정은 말갛게 웃었다.

"왜요?"

"아냐, 아무것도."

"왜 그러는 건데요?"

"당 공자가 걱정되면 그냥 걱정된다고 해. 섭섭해. 나한테까지 숨기는 거."

"숨기긴 제가 뭘 숨겼다고……."

조원원의 얼굴이 갑자기 발개졌다.

"정말 내 입으로 말해줄까?"

"……!"

"……?"

"알고… 있었어요?"

"모르나 본데, 여기 있는 사람 중에서 감정이 얼굴에 가장 잘 드러나는 사람이 자기야. 좋으면 좋다, 싫으면 싫다, 이게 그대로 보여."

"제가 그렇게 투명해요?"

"하지만 이번엔 좀 달라. 그 다름이 나로 하여금 한 번 더 생각을 하게 만든 거고. 말해봐, 왜 당 공자를 멀리하려는 거지?"

당엽은 조원원을 구해주려다 중상을 입었다.

조원원으로서는 구명지은을 입었으니 평소의 그녀라면 곁에 찰싹 붙어 치료를 해주어도 모자라다.

아무도 이상하게 생각할 리가 없다.

그런데 어쩐 일인지 조원원은 이런저런 핑계를 대면서 당엽을 멀리하고 있었다. 심지어 지금처럼 당엽의 상태를 살피러 가면서도 이런저런 핑계를 대었다.

"휴우, 저도 잘 모르겠어요. 사람이라면 응당 곁을 지키며 그를 보살펴야 하는데, 왠지 모르게 불편하고 걱정되고……. 저 왜 그런 거죠?"

"감동한 거지."

"그거야 물론 그렇죠."

"그리고 그가 좋아진 거고."

"무슨 말도 안 되는. 전 엽무백을 좋아한다고……!"

"……?"

"……!"

"오호라, 이제야 알겠다. 그동안은 엽 공자를 남몰래 좋아했는데 금사도에서 그 일이 있고 난 후 당 공자도 좋아지자 괜히 엽 공자에게 미안해지면서 마음이 싱숭생숭하고 그런 거구나?"

"젠장, 들켜 버렸네."

"내가 몰랐을 것 같아?"

"그것도 표가 났어요?"

"진자강한테 들었어."

"으에?"

"진령으로 들어설 무렵에 나한테 고민이 있다고 털어놓더라고. 자기는 원원 누나를 좋아하는데 원원 누나는 엽 아저씨를 좋아하는 것 같다고."

"진자강, 이 빌어먹을 자식!"

"이제 연적이 둘로 늘어났으니 어쩐다. 불쌍한 자강이."

"언니!"

"하하하!"

"휴우, 비밀은 지켜주는 거죠?"

"비밀? 무슨 비밀?"

갑자기 들려온 걸쭉한 목소리.

나란히 걷고 있던 조원원과 당소정 사이로 시커먼 얼굴이 쑥 튀어나왔다.

"앗! 깜짝이야!"

조원원이 소스라치게 놀라면서 옆으로 물러났다.

"갑자기 튀어나오면 어떡해요?"

"모르는 얼굴도 아닌데 웬 호들갑이야?"

"당신은 아는 얼굴이라도 갑자기 나타나면 무섭단 말이

에요."

"뭔 소리야? 얼굴은 또 왜 그렇게 빨개? 술 먹었어? 혼자 먹지 말고 같이 먹어."

"어휴, 내가 말을 말아야지."

조원원은 홱 토라져서는 저만치 가버렸다.

"같이 안 가?"

당소정이 목을 쭉 빼고 물었다.

"됐어요."

당소정은 재밌어 죽겠다는 듯 손으로 입을 가리며 히죽히죽 웃었다.

"무슨 일인데 그러시오?"

"아니에요. 그보다 채주들에게서는 뭘 좀 알아냈나요?"

"육반산에 산채를 열었으면서도 금사도에 도통 아는 게 없소. 주봉 아래에 그런 게 있었느냐고 오히려 반문하더라니까."

당소정은 구룡채를 접수하는 순간 법공에게 부탁해 산채의 채주들이 금사도에서 일어난 일련의 일들에 관해 아는 게 있는지 은밀히 알아보게끔 했다.

그 결과가 이거다.

산적들은 육반산 주봉 아래에 금사도가 있었다는 것조차 까맣게 몰랐단다.

"어찌 보면 당연한 일일지도 몰라요. 봐서 알겠지만 금사도에는 기문진이 설치되어 좀처럼 모습을 드러내지 않았어요. 일개 산적들이 알 정도였다면 금사도라고 할 수도 없었겠죠."

"아무리 그래도 그렇지, 내가 말을 해주기 전까지는 자신들을 때려잡은 사람들이 누군지조차 모르고 있더이다. 아무리 정보가 어둡기로서니 당금 무림을 진동시키고 있는 우리를 모른다는 게 말이 되오?"

"불과 이틀 전까지만 해도 우리는 진령 아래에 있었어요. 금사도의 위치를 몰랐으니 설마하니 우리가 이곳 육반산에 나타나리라고 생각이나 했겠어요?"

"그렇게 보면 또 그렇기도 한데… 아무튼 무식하기 짝이 없는 놈들이오. 풍산왕이니 뭐니 하는 별호도 우습기 짝이 없고."

"풍산왕이라고요?"

"채주의 별호립디다."

"풍산은 풍비박산을 말하는 것인데, 녹림왕에게 썩 어울리는 별호이기는 하군요."

"어울리긴, 돼지 목에 진주 목걸이지. 그래도 제 밥그릇은 지키겠답시고 신궁에 꼬박꼬박 상납을 해온 수완은 있더이다."

"그렇겠죠. 황토고원을 가운데 두고 불과 몇백 리에 신궁이 있으니까."

"한데 뭘 알아보려고 그런 게요?"

"저도 잘 모르겠어요. 뭔가 부자연스럽달까? 아귀가 맞지 않는다고 할까? 본시 사건이란 인과관계의 연속성 위에서 순차적으로 일어나는 법인데 그게 하나로 꿰이지 않으면서 좀 개운하지 않은 구석이 있었어요."

"좀 쉽게 말해주겠소?"

"금사도는 왜 궤멸하였을까요? 그처럼 중요한 사건이 벌어졌는데 왜 강호에는 소문이 나지 않았을까요?"

"이도정인지 뭔지 하는 놈이 말하는 걸 들었잖소. 궤멸이야 놈들이 기습을 해서 그런 거고, 소문이 나지 않은 건 놈들이 금사도를 찾아오는 자들을 따박따박 죽이기 위해 통제를 했다고 하지 않았소이까?"

"그들은 금사도의 위치를 어떻게 알았을까요? 그리고 오년은 비밀을 유지하기에는 너무 긴 세월이에요. 다른 곳은 몰라도 비선은 눈치를 챘어야 해요."

"아직도 무슨 말을 하는 건지 잘 모르겠지만, 정 이상하면 산채 놈들을 한 번 더 족쳐 보오리까? 매 앞에 장사 없다고, 흠씬 두들기다 보면 뭔가 나올지도 모르는데."

"됐어요."

"왜?"

"제가 아는 걸 엽 공자가 어떻게 모르겠어요. 뭔가 이상한 점이 있었다면 그가 벌써 조치를 취했을 거예요. 반대로 그가 아무런 조치를 취하지 않았다면 제가 좀 민감한 거고요."

"엽무백, 엽무백. 다들 그를 너무 믿고 있는 거 아니오? 그도 인간인데 실수를 할 수도 있지."

"정말 그가 인간이라고 생각해요?"

당소정이 눈을 말갛게 뜨고 장난스럽게 물었다.

법공은 퉁방울눈을 뒤룩뒤룩 굴리며 잠시 생각에 잠겼다. 인간의 탈을 썼으니 당연히 인간이 맞긴 맞을 게다.

하지만 그런 인간은 지금껏 본 적이 없다.

세상 전부를 조망하는 듯한 뇌력에 십만대병을 거느린 신교까지도 긴장하게 만드는 무시무시한 무력까지. 도대체 어디서 그런 인간이 튀어나왔을까.

가끔씩은 그런 생각을 했다.

만약 엽무백이 십 년만 일찍 세상에 나왔더라면 어떻게 되었을까? 강호는 지금과는 많이 달랐을 것이다.

"인간인지 아닌지는 모르겠지만 심장에서 따뜻한 피가 흐르는 것만은 사실일 게요. 그러니 황벽도에서부터 진자강을 지켜주었겠지."

법공의 목소리는 어느 때보다 진지했다.

당소정은 심장에서 따뜻한 피가 흐른다는 말이 참 마음에 들었다. 저도 모르게 마음이 훈훈해졌다.

"그거로군요, 당신을 움직이게 만든 그의 행동."

"불경에 이르길, 사람은 용기가 필요할 때에 이르러서야 비로소 본성이 나타난다고 했소. 모른 척 지나쳤으면 한평생 편하게 살 수 있었을 텐데 그는 그러질 않았소. 내가 갖은 구박을 당하면서도 그를 따르는 것은 그것 때문이오."

"이럴 때는 영락없는 스님이시네요."

"이 손으로 백 명도 넘는 인명을 해쳤소. 어찌 불자가 될 수 있겠소. 아마 다시는 부처님 전에 향을 사르지 못할 것이오."

법공이 고개를 떨어뜨려 자신의 손을 내려다보았다. 그 모습이 한없이 쓸쓸해 보였다.

"그나저나 뱃속에 든 뇌화구는 나왔어요?"

당소정이 화제를 돌렸다.

"안 그래도 열심히 먹고 있소. 지금쯤 대장 근처까지 간 것 같으니 잘하면 오늘 밤쯤에는 나올 것도 같고."

법공이 다시 예전의 그 장난스러운 얼굴로 돌아왔다.

"각별히 조심하세요. 뇌화구가 나오기 전까진 싸우지도 말고 넘어지지도 마세요. 만약 배에 충격이 가해지기라도 하면 끝장이에요."

"염려 마시오. 나도 창자가 터져 죽고 싶은 생각은 없으니까. 그보다 당 머시기는 좀 어떻소? 얘기 들어보니 상태가 심각했다고 하던데."

"당 공자는 참 행복한 사람이군요. 이렇게 많은 사람이 걱정을 해주니 말이에요."

"뭐 꼭 걱정을 해서라기보담은 그놈이 죽어버리면 전력에 큰 차질이 빚어서 말이지. 싸가지가 없는 건 별개로 하고서라도 칼질 하나는 진짜 끝내주는 놈이잖소. 척후를 살필 때도 여러모로 쓸모가 있고."

"척후를 살필 일이 또 있을까요?"

당소정은 광장의 동쪽으로 시선을 던졌다.

그곳에 새로 가세한 개방의 왕 장로와 화산의 문풍섭을 중심으로 수뇌부의 심각한 회의가 이어지고 있었다.

구룡채를 장악한 이후부터 시작된 회의는 밤이 깊도록 끝날 기미를 보이지 않았다. 분위기는 점점 심각해져 갔고, 급기야 조금 전부터는 고성이 오갔다. 앞으로의 대책을 두고 갑론을박이 벌어지고 있는 것이다.

금시도에 대한 소문이 떠돌기 시작한 것은 무려 십여 년 전이다. 정체를 알 수 없는 미지의 고수를 중심으로 정도무림의 결사대가 대대적인 반격을 준비 중이라는 말도 나왔다.

마침내는 비선이 마교의 추격대에게 쫓기던 정도무림의 정영들을 구출해 금사도로 인도한다는 말까지 나오면서 소문은 점점 실체를 더해갔다.

하지만 폭발하지는 못했다.

사람들은 여전히 웅크려 있었고, 소문의 진위를 파악하기에 바빴다. 그러던 와중에 마교의 간자가 비선에 침투해 비선의 사람들을 몰살해 버리는 사건이 있었다.

금사도에 대한 소문은 금방 식어버렸다.

그렇게 모두 잊고 지내는 와중에 십병귀라는 자가 나타났다. 그는 마교의 십대 자금원 중 하나였던 황벽도를 피로 물들이고, 복주의 매혈방을 궤멸시켰으며, 파양호에서는 전투 괴수라고 불리는 철갑귀마대를 몰살했다.

그는 연전연승을 거듭하며 북상했다.

마교를 치기 위해 금사도로 가는 길이라고 했다.

정도 무림인들의 가슴에 아직도 뭉클하게 남아 있는 패도 진세기의 아들이 동행한다고 했다. 해월루의 후예가 함께하고, 사천당문의 후예가 함께한다고도 했다. 때를 맞춰 끊어졌던 비선이 이어진다는 소식도 들려왔다.

숨어 살던 정도무림의 생존자들은 다시 피가 끓었다. 그들은 소문을 듣고 십병귀를 만나러 왔다. 그들의 목적은 하나였다. 십병귀와 함께 금사도에 도착하여 결사대의 일원이 되는 것, 그리하여 마교를 향해 대대적인 반격을 가하는 것.

사람들의 머릿속으로 그린 금사도는 미지의 고수가 구령을 하면 용 같고 범 같은 수천 명의 고수가 우렁찬 기합을 내

뱉으며 수련을 하는 모습이었다.

하지만 현실의 금사도는 그렇지 못했다.

규모는 사람들이 생각했던 것에 십분의 일도 미치지 못했으며 그나마 모두 죽어 호수 바닥에서 백골로 변해 있었다.

유일한 희망이던 금사도의 존재가 유명무실해진 지금 정도무림의 생존자 칠백은 길을 잃었다.

이제 어떻게 해야 할 것인가.

계속해서 싸울 것인가, 아니면 다시 흩어질 것인가.

싸운다면 십만에 달하는 대적을 무슨 수로 감당해 낼 것이며, 흩어진다면 또 무슨 수로 마교의 추적을 피할 것인가.

수뇌부는 어쩌면 정도무림의 마지막 생존자일지도 모르는 칠백의 목숨과 실낱같은 맥을 이어온 각 문파의 운명을 놓고 중차대한 결정을 내려야 했다.

만에 하나 여기서 멈추기로 결정이 나면 모두가 해산을 해야 한다. 여기에 수뇌부의 고민이 있었다.

금사도에서 있었던 전투의 여파로 부상자들은 이제 삼백여 명으로 늘어나 버렸다. 전체 생존자 칠백여 명 중 삼백이 부상자였고, 그나마 일백여 명은 혼자서는 단 한 걸음도 옮기지 못할 정도의 중상자였다.

천망의 눈이 지금도 곳곳에서 지켜보고 있을 것이 분명한 상황에서 해산할 경우 그들 삼백여 명은 단 십 리도 가지 못해 뒤를 추격해 온 마교의 추격대에 의해 제거될 것이다.

그렇다고 부상을 입지 않은 사람들이 삼삼오오 짝을 지어 이동할 수도 없다. 몇 사람이 뭉치든 어디를 가든 적은 압도적인 숫자의 추격대를 보내 제거할 것이기 때문이다.

한마디로 맞서 싸울 수도 없고 해산을 할 수도 없다. 수뇌부는 진퇴양난, 사면초가의 막다른 길에 몰렸다.

법공은 당소정의 말을 즉각 알아들었다.

가볍고 생각 없이 행동하는 것 같아도 그는 소림의 십팔나한이다. 지금의 상황이 어떻게 돌아가는지 모를 리 없다.

"갈 테면 가라지."

"혼자서라도 싸울 거라는 말인가요?"

"우리는 지금 벼랑 끝에 몰려 있소. 이대로 물러나면 중원무림은 절대 되찾을 수 없소. 마도천하는 천 년을 갈 것이고, 놈들의 폭정은 더욱 거세지겠지. 그런 걸 다 떠나 엽무백 때문에 식겁한 마교 놈들은 정도무림의 생존자들을 눈에 불을 켜고 찾아다닐 거요. 소저의 눈에는 저 사람들이 마교의 끈질긴 마수로부터 살아남을 수 있을 거라고 보시오?"

법공의 목소리는 어느 때보다 진지했다.

"세상은 넓고 오지는 많죠. 심산유곡으로 들어가 화전을 일구고 살면 숨어 살지 못할 것도 없어요."

"소저가 진정 바라는 게 그거요?"

"방법이 없잖아요."

"없으면 찾아야지. 언제는 우리가 뭐 방법이 있어서 여기까지 왔소? 그보다 부상자들은 좀 어떻소? 아무래도 여긴 신궁과 너무 가깝단 말이지. 지금이야 신궁과 팔마궁이 전쟁 중인 틈을 타 잠시 숨을 돌리고 있지만 한시라도 빨리 여길 떠야 하오."

"금사도에서 이곳까지 오는 동안 일곱 명이 죽어나갔어요. 몸의 부상도 부상이지만 금사도의 부재로 말미암은 심리적 충격이 너무 커요. 희망이 사라지면서 살겠다는 의지도 함께 사라지고 있어요."

당소정은 걸음을 멈추고 어딘가로 시선을 던졌다. 수뇌부가 회의를 하는 광장 너머 미루나무 아래에 한 사람이 서 있었다.

엽무백이다.

구룡채로 들어오고 난 후 그는 줄곧 저곳에 서서 고원을 굽어보고 있었다. 예전처럼 이런저런 지시를 내리지도 않았고 사람들과 어울리지도 않았다.

지금과 같이 혼란스러운 때에 그라도 나서서 희망을 얘기해 주면 좋으련만, 어쩐 일인지 고원만 바라볼 뿐이다. 도무지 무슨 생각을 하는 건지 모르겠다.

그사이 수뇌부의 회의는 더욱 심각해져 갔다.

이제는 고성도 오가지 않는다.

대화도 점점 줄어들더니 언제부턴가 뚝뚝 끊기고 있다. 수뇌부의 분위기는 광장 곳곳에 흩어져 산적들이 가져다주는 음식으로 끼니를 때우고 있던 칠백의 생존자 모두에게 그대로 전해졌다.

금사도의 부재로 말미암은 상실감에 그들은 생의 희망을 모두 포기한 것처럼 의기소침해졌다. 몇몇 사람은 눈을 감고 누워버렸다. 잠을 자는 게 아니다. 지금 잠이 올 리가 없지 않은가.

분위기는 점점 침울하게 가라앉아 갔다.

그나마 간간이 이어지던 수뇌부의 대화도 뚝 끊어지면서 좌중이 찬물을 끼얹은 것처럼 고요해졌다. 사람들은 해산을 기정사실로 받아들인 것 같았다.

그때 광장의 한쪽 귀퉁이에서 누군가가 벌떡 일어났다. 그는 칼을 힘차게 뽑아 들더니 수뇌부를 연한 광장의 중앙으로 성큼성큼 걸어갔다.

칠백여 개의 시선이 일제히 그를 향해 쏟아졌다.

당소정은 그를 알아보았다.

아침에 금사도에서 자신의 옷자락을 잡고 죽어가던 사형제의 치료를 끝까지 포기하지 말아달라던 그 사내였다.

산동 교남현에서 온 하옥생이라고 하던가.

"나는 산동 교남현 하일문(下日門)의 십칠대 제자 하옥생이외다. 내 비록 겨우 명맥만 유지해 가던 작은 문파의 이름없는 제자이나 여러 무림의 동도께서 기회를 주신다면 한마디를 꼭 하고 싶소."

대답은 들려오지 않았다.

하고 싶은 말이 있다면 누구나 말할 자격이 있고, 또 누구나 들어주어야 한다. 그게 정도 무림인들이 생각하는 무도다.

"금사도의 전설은 여전히 건재하외다! 저기에 미지의 고수가 있고, 여기에 목숨을 아까워하지 않는 칠백의 결사대가 있소이다! 지금 우리가 있는 이곳이 금사도가 아니면 무엇이란 말이오!"

하옥생은 말을 하면서 미루나무 아래의 엽무백과 광장에 모인 칠백의 생존자를 번갈아 가리켰다. 그의 목소리는 너무나 우렁차서 산채가 통째로 쩌렁쩌렁 울리는 것 같았다.

칠백여 개의 시선이 일제히 엽무백을 향했다.

엽무백이 다시 한 번 자신들을 이끌어준다면 얼마든지 싸울 수 있다는 듯.

좌중은 숨 막히는 침묵에 휩싸였다.

결과는 마찬가지라고 할지라도 엽무백의 한마디에 자신들의 운명과 정도무림의 운명이 달려 있었다.

하지만 엽무백은 한참이 지나도록 그 어떤 대답도 주지 않

앗다. 당사자가 말이 없는데 더 무엇을 할까. 한 가닥 희망을
품었던 사람들은 다시 의기소침해졌고 시간은 정처 없이 흘
러가고 있었다.

엽무백은 어둠에 잠긴 고원을 바라보고 있었다.

황토고원은 산지가 오랜 세월 풍화와 침식을 받아 평원
화(平原化)되어 가는 과정에서 나타나는 일종의 구릉 지대
였다.

하지만 구룡채를 연한 개활지는 황토고원 내에서도 드물
게 드넓은 평원을 형성하고 있었다. 적의 침입에 대비할 수
있도록 삼면의 시야가 트이는 곳을 일부러 골라 산채를 열었
기 때문이다.

어둠과 밝음에 구애받지 않는 내공을 지녔다고는 하지만
황량하기 짝이 없는 고원에 무얼 볼 게 있겠는가.

그는 세상이 아닌 자신을 보고 있었다.

금사도의 존재가 허상으로 밝혀진 것은 그에게도 작지 않
은 충격이었다. 이렇게 될지도 모른다는 생각을 하지 않은 것
은 아니었다.

아니, 처음 황벽도에서 금사도에 대한 얘기를 들었을 때는
모든 것이 헛소문이라고 생각했다. 하지만 시간이 흐르고 금
사도의 실체가 점점 드러나면서 의심은 확신으로 바뀌었다.

금사도는 있었다.

하지만 이제는 없다.

혼자서라도 마교를 상대로 싸우면 되지 않을까?

그건 현실적으로 불가능했다.

오랜 시간을 두고 기회를 엿본다면 마교주 한 명쯤 제거하는 것은 가능할지 모른다. 하지만 팔마궁과 신궁, 그리고 십만이라는 교도가 건재하는 한 제이, 제삼의 교주는 계속해서 나타나리라.

바뀌는 건 없다.

오히려 적은 더 강하고 더 많은 고수들을 보내와 자신을 죽이려 할 것이다. 혼자서 혼세신교를 상대로 싸우는 건 계란으로 바위를 치는 격이다.

눈앞에 있는 칠백의 병력과 함께라면 어떨까?

혼자서 싸우는 것보다는 분명 나을 것이다.

하지만 그뿐이다.

십만이라는 숫자는 뛰어난 지략과 몇 명의 강한 고수로는 어찌해 볼 수 없는 거대한 무력이다. 전쟁이란 결코 한두 명의 힘으로 어찌해 볼 수 없는 속성을 지닌 재앙이다.

막대한 자금이 있어야 하고, 수많은 전략가가 있어야 하고, 군수품이 있어야 한다. 그리고 병력이 끊임없이 공급되어야 한다.

결국엔 애꿎은 칠백의 목숨마저 잃게 되리라.

그들은 단지 칠백의 목숨이 아니다.

일문의 마지막 남은 무맥이요, 일가의 마지막 남은 핏줄이다. 꼭 맞아떨어지지는 않지만 칠백이 죽으면 칠백 곳의 문파와 무가가 마지막 재건의 기회마저 잃은 채 세상에서 영원히 사라지게 된다.

아무리 마교가 망하기를 바란다지만 내 손으로 그런 짓을 하고 싶지는 않았다. 그렇다고 마교의 추격자들 손에 저들이 죽게 내버려 둘 수도 없지 않은가. 여기에 엽무백의 고민이 있었다.

'벽산… 너라면 어떻게 하겠느냐?'

엽무백은 광활한 황토고원을 보며 속으로 읊조렸다.

그때였다.

저만치에서 왕거지와 진자강이 미루나무를 향해 다가오고 있었다. 진자강은 커다란 솥을 짊어지고 낑낑대며 왔고, 왕거지는 펑퍼짐한 보따리에 장작과 푸성귀 따위를 바리바리 싸들고 다가오는 중이었다.

마침내 미루나무 그늘로 들어온 두 사람은 많고 많은 자리를 다 놔두고 하필이면 엽무백의 옆에 그것들을 부려놓았다.

"나는 솥을 걸 테니 너는 물을 길어 와라."

왕거지가 말했다.

"예."

진자강은 꾸뻑 고개를 숙이고는 쏜살같이 사라졌다. 그사이 왕거지는 큼지막한 돌덩이 몇 개를 오종종하게 뿌리고, 솥을 얹고, 장작에 불을 지피기 시작했다.

"뭘 하시는 겁니까?"

엽무백이 물었다.

황벽도에서였으면 반공대를 했을 테지만 개방의 장로라는 신분이 밝혀진 지금 뭇 군웅이 지켜보는 앞에서 함부로 대할 수가 없었다.

"밥 먹어야지. 다 먹고살자고 하는 짓인데."

"왜 하필 여기서……?"

"저 아래에서 먹으면 이유가 없어도 되나?"

"……?"

"어디서 먹든 한 곳에서는 밥을 먹어야겠지. 그때마다 확고부동한 이유를 만들어서 먹는 사람은 없어. 그냥 그때그때 내키는 대로 자리를 잡고 먹는 거지. 난 지금 여기서 먹기로 했을 뿐이네. 거기 쑥 좀 뜯어주게. 장작이 굵어서 그런지 불이 잘 안 붙는구만."

엽무백은 발치에서 바싹 마른 쑥을 한 움큼 뜯어주었다. 쑥을 받아 든 왕거지는 장작 사이에 쑤셔 넣고 화석으로 불씨를 탁탁 일으켰다.

매캐한 연기와 함께 쑥에 불이 붙자 왕거지가 이번엔 앉은 자리에서 한 발을 휙 들어 신발을 공중으로 띄웠다.

그런 다음 잽싸게 낚아채 그걸로 부채처럼 부치기 시작했다. 불을 붙이는 동작 하나도 예사롭지 않은 왕거지였다.

어이가 없던 엽무백은 그만 실소를 흘리고 말았다. 그때쯤엔 진자강이 물을 길어와 솥에 부었다. 솥에 물이 고이고, 바닥에서 불길이 솟자 뭔가 그럴싸하게 되어가는 것 같았다.

진자강은 누가 시키지도 않았는데 옆에 척 앉더니 품속에서 넣어온 것들을 하나둘씩 꺼내 솥에 넣기 시작했다.

오래된 창고 구석진 곳에서 꺼낸 장작 부스러기 같은 육포와 이름 모를 푸성귀 몇 가지가 고작이었다.

아마도 육수를 내려는 모양이다.

잠시 후 물이 바글바글 끓기 시작하자 진자강이 이번에는 어슷어슷 썬 면발을 주르륵 집어넣었다. 면발이 들어가자 누리끼리한 거품이 화르륵 올라왔다.

"불이 너무 약해요. 국수는 센 불에 재빨리 삶았다가 꺼내야 면이 차져요."

"그래? 알았어."

왕거지가 이번엔 다른 쪽 신발까지 아까와 똑같은 모습으로 벗어 들고는 맹렬하게 부쳐 대기 시작했다.

퍼퍼퍼퍽 소리와 함께 장작더미가 화끈한 불길을 뿜아주

었다. 신발 바닥에 붙은 흙먼지가 조금 날리는 것이 문제라면
문제였다.

"조심하세요. 솥에 먼지 들어가겠어요."

"좀 들어가면 어때. 국수를 끓이다 보면 먼지도 들어갈 수
있는 거고 침도 튈 수 있는 거지. 이것저것 다 신경 쓰다 보면
아무것도 못 먹어."

"그래도 기왕이면 깨끗하게 먹으면 좋죠."

"깨끗하고 더러운 것도 다 마음먹기 나름인 거야. 설사만
안 나면 됐지 뭘 더 바라."

"장로님은 정말 뼛속까지 거지인 것 같아요."

"이놈아, 거지 팔자가 따로 있는 줄 아느냐? 오갈 데 없고
가진 거 없으면 옷을 암만 잘 차려입어도 거지인 게야."

"거지가 왜 오갈 데가 없어요? 발길 닿는 대로 천하가 다
거지의 안방 아닌가요?"

"껄껄껄, 이놈이 안 본 사이에 도통했네 그려. 그렇게 좋으
면 이참에 노부의 제자가 되이 천하를 호령해 보련?"

"저도 그러고 싶지만 제가 이래 봬도 광동진가의 소가주잖
습니까? 어서 진가장을 일으켜서 진짜 가주가 되어야지요."

"진가장의 장주라고 해서 개방의 제자가 되지 말란 법이
있다더냐. 개방의 품은 넓고도 깊느니라."

"아무리 넓어도 진가장을 거지 방파의 분타로 전락하게 만

들 수 없는 없네요. 절대로 없네요."

이 무슨 밑도 끝도 없는 대화란 말인가.

엽무백은 다시 한 번 실소를 흘렸다.

그러다 저도 모르게 진자강을 응시했다.

저 녀석은 이 상황이 되어서도 가문을 일으킬 수 있다고 믿는 걸까?

그때쯤 면이 모두 익었다.

진자강은 왕거지와 엽무백에게 그릇을 하나씩 나눠 주고는 자신의 앞에도 하나 놓았다. 이어 대통으로 만든 국자로 육수와 면을 뜨고 뭐로 만들었는지 모를 고명 몇 개를 뿌려주는 것으로 담가면이 완성되었다.

가만 보니 전날 황벽도에서 진자강이 팔던 그 담가면과 똑닮아 있었다.

"먹세 그려."

왕거지가 국수 사발을 들고 젓가락을 푹 찔러가는 순간 진자강이 외쳤다.

"앗, 잠깐만요!"

진자강은 품속을 주섬주섬 뒤지더니 하얗고 동글동글한 것 세 개를 꺼내 세 사람의 사발에 하나씩 동동 띄워주고는 말했다.

"이제 됐어요. 드세요."

"뭐냐?"

왕거지가 물었다.

"산새 알이에요."

"산새 어떤 거?"

"글쎄요. 낮에 오는 길에 숲에서 주웠어요."

"한겨울에도 알을 까는 새가 있나?"

"있더라고요."

"먹고 죽는 건 아니겠지?"

"새알 먹고 죽었다는 말은 못 들어봤네요."

"다 죽었으니까 못 들어봤을 수도 있잖아."

"싫으면 주시고요."

진자강이 왕거지의 사발에 젓가락을 찔렀다.

왕거지가 잽싸게 사발을 치워 버렸다.

국수도 그렇고 지금 두 사람의 대화도 그렇고, 모두 황벽도에서 했던 일이다. 우연인지 의도한 것인지 모르지만 두 사람은 황벽도에서 있었던 일을 재현하고 있었다.

왕거지와 진자강은 머리까지 박고 국수를 열심히 먹어대기 시작했다. 후루룩, 쩝쩝 소리가 요란하게 울리길 한참, 왕거지가 말했다.

"이러고 있으니 황벽도에서 함께 국수를 나눠 먹던 때가 생각나는군. 지금도 그렇지만 진자강 네 녀석이 끓여주는 국수는 정말 맛이 없었다."

진자강이 국수를 먹다 말고 뜨악한 표정이 되었다.

"그런데 왜 끓여달라고 그러셨어요?"

"한데 네 녀석과 헤어지고 나서 그 맛탱이 없는 국수가 어찌나 먹고 싶은지. 그러고 보면 무언가를 그리워하는 것은 그것 자체를 그리워하는 것이 아니라 그 시간을 그리워하는 것인 모양이야."

국수가 아니라 국수를 함께 나눠 먹던 그 따뜻한 기억이 그리웠단 뜻이다. 그 얘기를 하자면 빼놓을 수 없는 한 사람이 있다.

진자강이 말했다.

"화무강 아저씨도 계셨다면 좋았을 텐데……."

화무강은 엽무백에게 처음 황벽도로 가자고 했던 사람이다. 황벽산장을 치려던 거사가 발각되는 바람에 비명횡사를 당하고 말았던 사내. 어찌 보면 엽무백이 여기까지 온 것도 모두 화무강 때문이었다. 화무강은 오늘의 이 사태를 촉발시킨 최초의 인물인 셈이다.

"기백이 대단한 친구였지."

"또 정의로웠죠."

"그 친구가 했던 말이 아직도 생각나는군. 금사도가 있고 없고가 중요한 게 아니다. 우리가 세상을 바꾸기 위해 무언가를 했고, 그 기백이 사라지지 않고 이어지는 게 중요하다. 참 멋진 친구였는데……."

"원하는 게 무엇입니까?"

엽무백이 두 사람의 대화를 끊었다.

왕거지는 입안에 국수를 한가득 물고는 말했다.

"이렇게 자네와 밥 한 끼 먹고 싶었네. 그뿐일세."

왕거지와 진자강이 엽무백에게 다가갈 때부터 주시하고 있던 칠백여 명의 생존자는 실망을 금치 못했다.

개방의 장로가 여러 가지 음식 재료를 가지고 엽무백에게 다가가기에 뭔가 비장의 한 수로 그를 설득하려나 했더니 작별 인사를 할 줄이야.

이윽고 국수를 깨끗하게 핥아 먹은 왕거지가 사발을 툭 던져 놓으며 말했다.

"꺼억, 잘 먹었다. 그것도 고깃국물이라고 이빨에 끼는 게 있네."

왕거지는 젓가락을 똑 부러뜨려 날카롭게 만든 다음 잇새를 쭙쭙 쑤셔댔다.

"쥐고기 육수가 그런대로 괜찮죠?"

진자강이 물었다.

"최고였다."

"다음에 또 해 드릴까요?"

"조오치."

밑도 끝도 없는 대화가·또다시 이어지려고 했다. 엽무백이 재빨리 끼어들었다.

"모두 흩어지라고 하십시오."

"내가 결정할 문제가 아닐세. 각자가 결정할 문제지."

"장로님의 말이라면 들을 겁니다."

"이 상황에서 흩어지면 개죽음이네. 자네도 알잖는가?"

"살 수 있습니다."

왕거지가 이빨을 쑤시다 말고 엽무백을 바라보았다. 놀란 진자강의 시선도 엽무백을 향했다. 입안에 잔뜩 물린 면발이 반으로 뚝 끊어져 사발에 떨어졌다.

왕거지가 물었다.

"싸우지 않고도 살길이… 있다고?"

"싸우지 않아야 살길이 있습니다."

"……?"

"……?"

왕거지와 진자강은 두 눈을 동그랗게 떴다.

광장 곳곳에 흩어져 요기를 하고 있던 생존자들은 흥분을 감추지 못하고 하나둘씩 자리에서 일어났다.

살아날 방법이 있다?

이 얼마나 간절한 한마디인가.

당소정, 법공, 조원원은 물론이거니와 대여섯 장 떨어진 교목 아래에서 운공을 하고 있던 당엽도 눈을 번쩍 떴다.

특히 칠백여 명의 목숨을 책임진 수뇌부는 눈동자를 반짝이며 엽무백을 바라보았다.

"오성군을 이용할 방법을 강구해 보십시오. 거기에 해답이 있을 겁니다. 다만 여기에는 한 가지가 전제되어야 합니다. 신궁과 팔마궁의 전쟁에서 팔마궁이 이겨야 한다는 것."

"싸움은 아직 끝나지 않았군. 하면 자네의 역할도 아직 끝난 게 아니지 않은가. 마지막까지 우리를 이끌어줄 생각은 정녕 없는 겐가?"

"그 작전엔 제가 없어야만 합니다."

"그게 무슨 말인가?"

"제가 있으면 적들은 여러분이 마교 전복을 포기하지 않았다고 여길 겁니다. 그렇게 되면 협상의 여지가 없습니다."

"……!"

왕기지를 비롯해 장내에 있던 모든 사람이 꿀 먹은 벙어리가 되었다. 엽무백의 말뜻을 모두 알아들을 수는 없다. 하지만 그 말 속에 숨은 의미를 어렴풋이 짐작할 수는 있을 것 같았다.

엽무백이 있으면 아무리 오성군을 내어준다고 해도 적들은 흩어져 모습을 감추도록 시간을 주지 않을 것이다. 그 흩어짐을 생존자들의 해산으로 받아들이지 않을 것이기에.

반면 엽무백이 떠난다면 적들도 믿을 공산이 컸다. 더는 마교에 저항하지 않고 조용히 숨어서 살겠다는데, 그러니 뿔뿔이 흩어져 안전한 곳으로 갈 때까지만 시간을 달라는데 들어주지 않을 이유가 없다.

정도무림의 생존자 칠백을 몰살하는 것보다야 오성군이라는 다섯 명의 목숨이 그들에게는 백배 귀하다.

할 말을 모두 끝낸 엽무백은 진자강이 말아놓은 국수를 사발째 들고 후루룩 비웠다. 이어 바닥에 털썩 내려놓으며 진자강을 향해 말했다.

"이제부터는 비겁해져야 한다."

진자강은 닭똥 같은 눈물을 뚝뚝 흘리면서도 꼭 다문 입술로 씩씩하게 고개를 끄덕여 보였다. 헤어짐에 대한 아쉬움과 그동안 보살펴 준 데 대한 고마움, 걱정 말라는 자신감이 얼굴에 하나로 드러났다.

할 말을 모두 끝낸 엽무백이 자리에서 일어났다.

왕거지가 뒤늦게 일어서며 말했다.

"애썼네."

행동거지가 경박해 보여도 왕거지는 개방의 장로다. 그 옛날 구파일방으로 대변되는 정도무림의 영수. 지금까지 생존이 확인된 정도무림의 제자 중 가장 배분이 높은 원로가 그였다.

엽무백은 장창을 등에 가로질러 멘 다음 개방의 왕 장로를 향해 정중한 포권지례를 올렸다. 이어 미루나무에 매어둔 말의 고삐를 풀어 훌쩍 올라탔다.

좌중이 크게 술렁이기 시작했다.

엽무백이 말에 올라타자 정말로 떠나려 한다는 게 실감 난 탓이다.

엽무백은 저만치 나무 아래 기대어 앉은 당엽을 돌아보며 물었다.

"움직일 수 있겠어?"

"걷지는 못해도 말은 탈 수 있소."

거짓말이다.

다른 사람은 몰라도 당소정은 그가 이미 진기를 거의 회복하고 남은 외상마저 빠르게 치료해 가고 있음을 알았다.

놀랍지 않은가.

어깨가 뚫리고 창자가 보일 정도로 옆구리가 찢어진 상처를 입고도 한나절 만에 진기를 대부분 찾을 정도의 회복력이라니.

"함께 간다면 완치될 때까지 돌봐주겠다."

"나를 여기까지 데려온 것에 대한 책임감 때문이오?"

"가겠나?"

"위선적이군."

"......?"

"당신이 내게 내건 조건은 자신을 도와 마교와 싸워달라는 것이었소. 금사도에 도착할 때까지가 아니었지."

"금사도가 있다는 걸 전제로 한 말이었다."

"당신은 그랬는지 몰라도 난 아니오. 난 마교를 치는 데 도와주겠다고 했소. 마교는 아직 건재하고, 따라서 내 약속도 끝나지 않았소."

엽무백은 두 번도 망설이지 않고 말 머리를 돌렸다. 그곳에 한 여자가 버티고 서 있었다.

"삼 장 안에만 있으면 언제든 지켜준다고 약속했잖아요."

조원원이 두 팔을 아래로 뻗치며 말했다.

목소리에 섭섭함과 원망이 가득했다.

"이제 그만이다."

엽무백은 말의 아랫배를 살짝 걷어찼다.

말이 또각또각 걸음을 옮기며 조원원을 지나쳤다. 조원원은 가만히 서서 엽무백이 탄 말을 보내야 했다.

말은 이제 당소정의 곁을 지나고 있었다.

당소정은 정중한 포권지례를 올려왔다.

그간 자신들을 이끌어준 것에 대한 감사의 인사였다.

찬이슬을 맞으며 야숙을 하고, 비를 맞으며 건량을 먹었다. 이십여 년을 모른 채 살아온 사람들끼리 한 달여의 시간 동안 생사고락을 함께했으니 그 전우애가 얼마나 깊을 것인가.

그럼에도 불구하고 당소정은 흔들리지 않았다.

평소의 모습대로 의연하게 엽무백을 보내주었다.

엽무백은 몰랐다.

당소정의 마음이 그 어느 때보다 격랑으로 흔들리고 있음을. 지금이라도 모든 체면을 버리고 엽무백을 붙잡고 싶은 마음이 간절함을.

그사이 말은 당소정을 지나쳐 정도무림의 수뇌부 곁을 지나갔다. 매화검수 문풍섭, 무당칠검의 맏형 한백광, 청성오검, 칠성개의 얼굴이 차례로 나타났다가 멀어졌다.

그리고 남궁옥이 나타났다.

지금 이 순간이 있기까지 누구보다 많은 애를 썼던 남궁옥의 표정은 더할 수 없이 먹먹해 보였다.

"부디 보중하십시오."

남궁옥은 포권지례와 함께 깊숙이 허리를 숙였다. 잠시 후 엽무백이 탄 말은 산채를 벗이니고 있었다.

등 뒤에서 법공의 고함이 들려왔다.

"가라, 가. 심산 구석에 처박혀 평생 칡뿌리나 캐 먹으며 백 살까지 살아라. 이 천하의 이기적인 인간아!"

第八章 길을 잃은 사람들

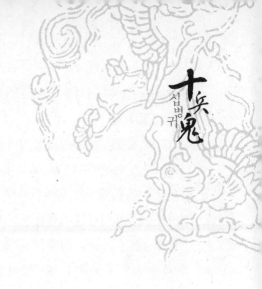

구룡채의 밤이 깊었다.

엽무백을 잃은 수뇌부는 밤이 늦도록 오성군을 어떻게 이용할 것인지를 두고 갑론을박을 벌였다. 사람들은 금사도를 찾기 이전보다 훨씬 늘어났지만 의견은 오히려 그때보다 더 좁혀지지 않았다.

사람들을 압도하고 모두를 수긍하게 만드는 수장이 없는 탓이다.

개방의 왕 장로가 있었지만 그는 사람들로부터 존경은 받을지언정 엽무백과 같은 막강한 존재감은 심어주지 못했다.

존경하는 사람과 존경을 넘어 두려움을 갖게 하는 사람의 차이는 그렇게 컸다.

그사이 시간은 삼경을 넘어 새벽을 향해 달려가고 있었다.

수뇌부는 아무런 결정을 내리지 못하고 잠자리에 들었다. 수일간 거듭된 강행군과 전투의 피로로 칠백여 명의 생존자 역시 일찌감치 마땅한 자리를 찾아 피곤한 육신을 뉘었다.

당소정은 여자들을 위해 따로 마련한 거처에서 밤이 늦도록 잠을 이루지 못했다. 환자들에게 쓸 약첩을 짓는 것부터 시작해 산적들이 육반산을 떠돌며 마구잡이로 뜯어다 말린 약초들을 선별하는 작업까지 한시도 쉴 틈이 없었다.

조원원과 진자강이 곁에서 돕는 것이 위안이라면 위안이었다. 조원원은 커다란 솥단지에서 말랑말랑해진 금창약을 눌어붙지 않도록 짓고 있었다.

진자강은 또 다른 대여섯 명의 여자를 도와 화로의 불이 꺼지지 않도록 숯을 대는가 하면 한편에서 낮에 당소정이 썼던 침(鍼)들을 물에 삶고 있었다.

"서운하세요?"

조원원이 물었다.

"뭐가?"

"그가 떠난 거요."

"서운하지만 또 이해해."

"전 이해 못 해요. 함께한 시간이 얼만데 우리랑은 상의 한 마디 없이 어쩜 그렇게 매정하게 떠날 수 있죠? 삼 장 곁에 있으면 언제든 지켜주겠다고 하지 않았냐고 했을 때 '이제 그만이다'라고 말하는 거 보셨죠? 무책임한 인간 같으니라고."

"당 공자가 함께 떠난다고 했어도 그가 그렇게 말했을까?"

"무슨 말이에요?"

"당 공자가 목숨을 걸고 동생을 지켜줄 거라는 걸 그는 알고 있었어. 그러니 안심하고 떠날 수 있었겠지. 어쩌면 당 공자 역시 그걸 알고서 남겠다고 한 건지도 모르고."

"여기서 당 공자 얘기가 왜 나와요?"

"우리가 그와 함께한 시간이 얼마나 될까?"

"……?"

"몽중연에서 처음 만났을 때가 입동을 앞두고 있었으니 난 스무 날쯤 되려나? 동생은 호중천에서부터 동행했다고 했으니 한 달쯤 되었겠지?"

조원원은 약간 당황했다.

날짜를 따져 보니 생각보다 오래되지 않았다.

그런데도 몇 년을 함께한 사람처럼 느껴지는 건 삶과 죽음의 고비를 수없이 함께 넘겼기 때문일 것이다.

지난 한 달의 여정은 그만큼 힘들었다.

"시간이 뭐가 중요해요. 얼마나 서로를… 좋아했느냐가 문제지."

"그를 좋아했어?"

"그래요. 좋아했어요. 남자로서도 좋아했고, 인간으로서도 좋아했고, 무인으로서도 좋아했고, 동료로서도 좋아했어요. 내가 그렇게 좋아했는데……."

조원원의 눈동자에 눈물이 그렁그렁 맺혔다.

이럴 때는 영락없이 방년의 소녀.

"그도 아플 거야."

"꼭 그랬으면 좋겠어요. 가슴이 아파서 밥을 먹어도 돌을 씹는 것 같고, 국수를 먹으면 국물에 우리 얼굴이 떠올라 젓가락을 놓고 한숨을 푹푹 쉬었으면 좋겠어요."

"저도 그랬으면 좋겠어요."

진자강이 화로 앞에 쭈그리고 앉아 부채질을 하며 말했다.

"그렇지? 너도 그렇게 생각하지?"

"예, 잠을 잘 때도, 길을 걸을 때도 우리 생각이 나서 먹먹한 얼굴로 하늘을 한참 보았으면 좋겠어요."

"내 말이 그 말이야."

"그리고 누나도요."

"뭐?"

"누나도 누군가를 생각하면 가슴이 먹먹하고 밥도 잘 안 넘어가고 그랬으면 좋겠어요."

맥락 없는 말을 한마디 툭 던지더니 진자강은 자리에서 일어나 당소정을 향해 말했다.

"침은 다 삶았고 숯도 충분히 넣어뒀어요. 한 시진은 꺼지지 않고 탈 거예요. 저 이제 그만 가서 잘래요."

"그래. 고마워."

진자강은 당소정에게만 까딱 인사를 하고는 찬바람을 흘리며 나가 버렸다. 조원원은 진자강의 뒤통수를 바라보며 황당해진 얼굴로 말했다.

"쟤 왜 저래요?"

"처음엔 엽 공자, 이제는 당 공자. 연적치고는 다들 너무 강하잖아."

"예에?"

조원원은 뜨악해진 얼굴로 당소정과 진자강이 사라져 간 문을 번갈아 보았다. 녀석이 자신을 마음에 두고 있는 줄은 알았지만 그 정도일 줄이야.

"저 녀석, 점점 뻔뻔해지네."

"그게 사랑의 힘이지. 없던 용기도 생기게 만드는 거. 나 잠깐 나갔다 올게. 얼추 된 것 같으니 동생도 이제 그만 정리하고 눈 좀 붙여. 사흘 동안 거의 눈을 못 붙였잖아. 언제 무슨 일이 일어날지 모르는데 시간이 날 때 조금이라도 자둬야지."

"아함. 그렇잖아도 엽무백이고 뭐고 졸음이 쏟아져 죽을 거 같아요. 언니는 어딜 가게요?"

"부상자들 한번 돌아보고 올게."

"언니가 있어서 정말 다행이에요."

당소정은 빙그레 웃고는 목옥을 나왔다.

바깥으로 나온 당소정은 곧장 부상자들을 모아놓은 목옥으로 갔다. 부상자들은 경중에 따라 두 개의 목옥에 나누어 수용했다.

경상자들은 응급처치를 하고 난 후 여자 무사들이 살폈기에 당소정의 손이 필요한 일은 거의 없었다.

하지만 중상자들은 당소정이 직접 반 시진 간격으로 가서 상처를 살피고 증상에 따른 치료를 반복해야 했다.

상시 살펴보는 의원이 있었기에 그때도 모두의 손길이 필요한 건 아니었다. 몇 명만이 지속적인 확인이 필요했는데 당엽도 그중 하나였다.

한데 목옥엔 당엽이 없었다.

"그럴 리가요? 좀 전까지만 해도 여기 있었… 어, 정말 없어졌네."

목옥에 있던 스무 살가량의 여검사가 말했다.

운남 남선문(南船門)의 제자인데 의술에 제법 조예가 있어

당소정이 일부러 번을 서게 한 여자다.

"귀신 곡할 노릇이네요. 오줌을 누러 갔다가 엎어졌나?"

"……?"

"아, 죄다 남자들뿐이라서요. 요강에다 싸면 제가 치운다고 해도 막무가내로 고집을 부리는 사람들이 더러 있거든요. 나가서 찾아볼게요."

"아뇨. 됐어요."

당소정은 안심하고 밖으로 나왔다.

남선문의 제자는 까맣게 모르지만 초저녁에 본 당엽은 급속도로 몸을 회복하고 있었다. 그새 일어나 잠자리를 옮긴 것을 보면 지금은 더욱 좋아졌으리라.

당소정은 다시 오성군을 가둬둔 뇌옥으로 향했다. 한데 이번엔 암동을 지키는 무사들이 그녀의 앞을 막아섰다. 그중 한 사람이 앞으로 나섰다.

눈알이 쉴 새 없이 굴러다니는 쥐상의 중년인은 산서 비룡문의 위상문이었다. 몽중연에서부터 남궁옥과 함께 행동을 하던 비선의 일원, 당소정과도 익히 아는 사이였다. 지금은 위상문이 뇌옥의 경계를 책임진 모양이었다.

"당 소저께서 여긴 어쩐 일이십니까?"

"육성녀의 상처를 살피러 왔어요."

"적에게 군이 그렇게까지 호의를 베풀 필요가 있겠습니까?"

"엽 공자가 하는 말 못 들었어요? 오성군을 어떻게 활용하느냐에 따라 우리의 목숨이 달려 있어요. 그들을 이용하려면 일단은 살려놔야 해요."

"그 정도로 죽을 인간들이었다면 진작 죽었을 겁니다."

당소정은 위상문의 태도가 어쩐지 자연스럽지 않음을 느꼈다. 오성군에 대한 적의가 대단하다는 건 알고 있다.

하지만 오성군의 목숨을 일단 살려두기로 한 터에 위상문이 이렇게까지 나올 수는 없었다.

"위 공자, 제게 숨기는 게 있죠?"

"그런 거 없습니다."

"제 눈을 똑바로 보고 다시 말씀해 보세요."

위상문은 잠시 생각에 잠기더니 이내 가벼운 한숨과 함께 대답을 했다.

"실은 날이 밝을 때까지는 아무도 오성군을 만나지 못하게 하라는 엄명이 있었습니다."

"누가 그런 명령을 내렸죠?"

"적주님입니다."

정도무림의 생존자 중 적주라고 불릴 사람은 비선의 적주인 남궁옥밖에 없었다.

"남궁 선배가 왜……?"

위상문은 곤란하기 짝이 없다는 표정으로 뒤통수를 벅벅

늙었다. 그는 과거 등에 검상을 깊게 입어 당소정에게 치료를 받은 전력이 있다.

사이도 좋고, 그게 아니어도 당소정은 그에게 어려운 사람이다. 그런 당소정이 이유를 묻는데 대답을 해줄 수도 없고 안 해줄 수도 없으니 참으로 곤란하기 짝이 없다는 얼굴이었다.

당소정은 당소정대로 난감했다.

이럴 땐 다그치는 게 최선이다.

당소정은 표정을 굳히고는 짐짓 심각하게 말했다.

"육성녀의 부상이 가볍지 않다는 건 알고 있겠죠? 나중에는 어떻게 될지언정 일단은 그녀를 살려야 해요."

"정 그러시다면 이리로……."

당소정은 위상문의 인도를 받아 뇌옥 가까이 다가갔다. 창살 너머로 금제를 당한 오성군이 보였다. 그들은 죄다 깊숙한 곳에서 등을 돌린 채 앉아 있었다.

"고개 돌려."

위상문이 말을 하자 다섯 명이 일제히 고개를 돌렸다. 그 순간 당소정은 소스라치게 놀랐다. 뇌옥 안에 있는 자들은 오성군이 아니었다. 오성군과 비슷한 체형에 비슷한 복장을 한 비선의 인물 다섯이었다.

"이게 어떻게……!"

"쉿, 놀라지 마십시오. 오성군은 다른 곳에서 엄중한 경계를 받으며 안전하게 있습니다."

"어떻게 된 일이죠?"

"소저께서도 천망의 눈이 구룡채를 향하고 있다는 건 짐작하시겠지요? 오성군이 갇혀 있는 위치가 적에게 알려지는 것은 좋은 일이 아니지 않습니까? 놈들이 갑자기 들이닥쳐 구출하려 들지도 모르는 일이고. 해서 몰래 다른 곳으로 이동을 시켜두었습니다."

당소정은 저도 모르게 고개를 끄덕였다.

과연 그렇지 않은가.

파양호에서 그 난리를 치르고 난 이후 천망의 끈질긴 눈은 한 번도 떨어진 적이 없었다. 그들은 언제나 암중에서 찰거머리처럼 따라다니며 정도 무림인들의 위치를 마교에 전한다.

지금도 마찬가지다.

눈에 보이지는 않지만 육빈산과 청토고원 곳곳에서 구룡채를 지켜보는 눈이 있을 것이다. 칠백이 하나로 뭉쳐 다니는 한 저들의 눈에서 벗어날 순 없다.

그렇다면 오성군의 위치도 당연히 안다고 봐야 했다. 천망이 아니더라도 마교에서 급파된 특무조가 구출 작전을 감행하지 말란 법이 없잖은가.

남궁옥은 바로 그 점을 염려한 것이다.

"육성녀의 부상이 그렇게 위중한 겁니까? 그렇지 않다면 하룻밤 정도는 넘어갔으면 합니다. 아시다시피 지금은 작은 실수로도 큰 사고를 초래할 수 있는지라……."

위상문이 조심스럽게 말했다.

"그렇게 할게요."

당소정은 고개를 끄덕이고 돌아섰다.

뇌옥을 떠나 자신의 거처로 돌아가는 길에 당소정은 주변을 유심히 살폈다. 곳곳에서 남궁옥의 손길이 느껴졌다.

구룡채에는 혹시나 있을지 모르는 적의 기습에 대비해 오십여 병력이 번을 섰다. 그들은 적이 침투해 오기 좋은 장소, 고원이 한눈에 내려다보이는 곳 등등에 자리를 잡고는 눈동자를 별처럼 빛내고 있었다.

번을 서는 장소와 사람을 선별하는 이 모든 일을 남궁옥이 했다. 정도무림의 생존자 중 전술과 지리에 가장 밝은데다 오랜 세월 비선을 이끌어 온 경험으로 말미암아 그는 사실상 군사 노릇을 해왔기에 그만한 적임자가 없었다.

당소정은 얼굴에 저도 모르게 미소가 그려졌다.

엽무백의 그늘이 워낙 커서 잠시 잊고 있었는데 남궁옥 역시 자신이 아는 한 매우 비범한 사람이다.

노련한 경험을 가진 개방의 왕 장로가 있고, 곤륜사괴조차

떨게 만드는 화산의 문풍섭이 있고, 당엽이 있고, 남궁옥도 있다.

정도무림의 생존자들에겐 아직도 많은 인물이 있었다. 많은 사람들이 각자의 위치에서 제 몫을 해낸다고 생각하니 갑자기 든든해졌다.

물론 엽무백이 있으면 더 좋겠지만, 그에게는 또 그만의 이유가 있을 것이다.

당소정은 문득 걸음을 멈추고 하늘을 올려다보았다. 소금을 뿌려놓은 것처럼 가득한 별들 사이로 북두(北斗)의 일곱 별이 보였다. 어린 시절 아버지가 고사리 같은 자신의 손을 꼭 쥐고 해주던 말이 생각났다.

"고래로 사람들은 북두의 일곱 별을 보고 방향을 살폈단다. 먼 바다를 오가는 뱃사람들도 북두의 일곱 별만 보면 길을 잃지 않을 수 있었지."

그날 이후 당소정은 밤하늘의 별을 바라보는 걸 좋아했다. 무언가 큰 결정을 해야 할 때, 삶의 여정에서 길을 잃고 방황할 때 북두의 일곱 별을 보고 있노라면 까마득한 하늘 저 너머에서 아버지가 길을 가르쳐 주실 것만 같았다.

그리고 지금 누군가는 저 별 아래에서 길을 잃고 헤매는 중

일지도 모르겠다.

'그는 어디쯤 가고 있을까?

* * *

초저녁에 구룡채를 떠난 엽무백은 황토고원을 가로질러 동쪽으로 달렸다. 저 북쪽으로부터 불어온 삭풍이 칼날이 되어 옷깃을 파고들었다.

신도의 기방에서 눈 내리는 창밖을 보며 장벽산과 대작을 하던 때가 엊그제 같은데 벌써 일 년이 훌쩍 지났다.

그때만 해도 지금과 같은 상황이 닥칠 줄은 전혀 상상도 하지 못했다. 그런 줄도 모르고 두 사람은 봄이 되면 천산으로 천웅을 사냥하러 가자고 했었다.

인간의 폭이란 참으로 좁다.

오늘은 또 이렇게 황토고원을 걷고 있지만 내일은 어디에서 무얼 할지 모르는 인이다. 내일 닥칠 일이 무엇인지는 모르나 오늘 할 일만큼은 엽무백은 분명하게 알고 있었다.

자정이 가까워질 무렵 엽무백은 까마득한 절벽을 마주하고 섰다. 그 절벽 아래 시커먼 강물이 넘실대며 흘렀다. 북쪽을 향해 자락을 뻗어 가던 진령이 회하를 만나 뚝 끊어진 풍광이다.

엽무백은 조금 더 달려 마을을 찾았고, 갈대숲에 버려진 낡은 엽선 한 척을 발견했다. 촌로가 낚시를 하는 데나 썼을 법한 작은 배는 밑창에 황소가 드나들 만한 구멍이 뚫려 있었다.

갈대숲을 좀 더 뒤져보니 운 좋게도 버려진 배 한 척이 더 있었다. 앞서 발견한 것에 비하면 판자 조각이나 다름없는 배의 잔해였지만 그것으로 충분했다.

엽무백은 부서진 배에서 판자와 녹슨 쇠못을 뽑아 다른 배의 밑창을 막고, 끼우고, 조였다. 대충 손을 보니 한나절은 타고 갈 수 있을 것 같았다.

엽무백은 지금까지 타고 온 말의 안장을 풀고 고삐를 풀어준 다음 말했다.

"가라. 이제 너는 자유다."

말귀를 알아들을 리 없는 말은 고개를 숙이더니 안장의 냄새를 킁킁 맡았다. 저게 지금까지 제 등에 얹혀 자유를 속박하던 물건이라는 걸 녀석은 알까?

엽무백은 배에 올라탔다.

방향은 이번에도 동쪽이었다.

배가 물살을 타고 천천히 미끄러지기 시작하자 저 멀리 황토고원의 중간쯤에서 새 한 마리가 솟아올라 밤하늘을 가로질렀다.

산속을 누비는 노련한 사냥꾼들은 날개 퍼덕이는 소리만으로 새의 종류를 알아맞힌다. 꿩은 푸다닥거리고 매는 큰 날개 탓에 퍽퍽거린다.

비둘기는 꿩에 가깝다.

하지만 소리는 꿩에 비해 훨씬 작고 규칙적이다.

황토고원에서 날아오른 새는 비둘기였다.

아마도 인간의 손을 거친 비둘기일 것이다.

*　　　*　　　*

남궁옥은 구룡채로부터 백여 장 정도 떨어진 작은 바위 언덕 위에서 황토고원을 바라보고 있었다. 잠시 후, 시커먼 인영 세 개가 남궁옥의 주변으로 은밀하게 다가왔다.

세 사람의 얼굴이 달빛에 드러났다.

서생처럼 맑은 신색을 지닌 청년, 날렵한 체구에 강렬한 안광을 자랑하는 중년, 좌우의 관자놀이를 향해 사납게 치솟은 검미가 인상적인 외눈박이 장한이었다.

그들은 몽중연에서부터 남궁옥과 함께한 비선의 고수들로 각각 불이검문의 구일청, 강서 성하장의 송백겸, 사천 백선곡의 장기룡이었다.

"향구가 도착했습니다."

구일청이 말했다.

남궁옥은 침묵으로 다음 말이 이어지기를 기다렸다.

"부풍(扶風)에서 말을 버리더니 부서진 배를 고쳐 타고 동쪽으로 가고 있다고 합니다. 부평에서 솟아오른 향구가 이곳까지 도착하는 데 걸리는 시간을 고려해 볼 때 일다경 전쯤으로 추정됩니다. 거리는 이백 리가 족히 됩니다."

"배를 고쳐 탔다……. 정말 떠날 생각이었군."

"저 역시 그가 이렇게 쉽게 포기할 줄은 몰랐습니다."

"그가 쉽게 포기했다고 생각하나?"

"신이 아닌 이상 제아무리 출중한 능력을 지녔다고 해도 칠백으로 십만 대병을 상대할 수는 없는 노릇이지요. 그의 말처럼 남은 사람들에게 살 방편을 마련해 주기 위해서라도 떠나주는 게 유리하기도 하고요."

"그는 항상 불가능한 것을 가능하게 만들고 벼랑 끝에 내몰린 최악의 상황을 더없이 유리한 최선의 상황으로 만들어 왔다. 지난 환란의 세월 동안 강호의 적지 않은 거물들을 만나보았지만 그처럼 무섭고 강한 집념을 가진 괴물은 처음이었다. 그런 자가 그렇게 쉽게 포기할 것 같나?"

"하면……?"

"부평에서 회하를 타고 동진을 하면 어디로 가지?"

"내일 아침쯤이면 서안(西安)에 당도……!"

구일청이 말을 하다 말고 눈동자를 홉떴다.

서안은 신궁을 지척에 둔 천년 고도다.

지금처럼 살벌한 시국에 엽무백이 서안에 볼일이 무에 있겠는가. 그는 지금 신궁으로 향하고 있었다.

"도대체 왜……?"

"두 가지 경우의 수가 있지. 첫 번째는 신궁과 팔마궁 중 누가 교주가 되었든 그자의 목을 베는 것."

"그게… 가능한 일입니까?"

"그가 한때 십병귀로 불렸다는 사실을 잊었나? 그는 혼세신교가 그 엄청난 정보력을 지니고도 정체를 간파 못 한 무적의 살수였다. 그가 자신의 장기인 살수 비기를 십분 활용한다면 십만교도를 상대로 싸울 수는 없지만 교주 한 사람의 목을 베는 정도는 시도해 볼 만하지."

"……!"

"또 다른 하나는 누군가를 구출해 내는 것. 듣자 하니 혈랑삼대의 고수가 죽으면서 철무극과 불곡도가 살아 있다는 말을 했다더군."

사람들이 눈동자를 기묘하게 빛냈다.

비선이 입수한 정보에 따르면 철무극은 죽은 초공산 교주를 암중에서 호위한 미지의 세력 혈검조(血劍組)의 검호(劍豪)다.

불곡도는 삼공자 장벽산을 그림자처럼 따랐다는 초절정의
고수다.

한데 십병귀가 그들을 왜 구출하려 든단 말인가.

"철무극과 불곡도는 마지막까지 장벽산의 편에 섰던 자들
이다. 삼공자의 벗이었던 십병귀가 친우와의 신의를 지키기
위해 그 친우의 충성스런 수하들을 구하려 드는 것은 전혀 이
상할 것이 없는 일이지. 그러자면 혼자인 쪽이 훨씬 편하고."

"십병귀가 신궁으로 침입을 한다면 마교 놈들은 적지 않은
사상자를 내겠군요. 성공을 한다면 세 명의 초절정고수가 힘
을 합칠 테니 더 큰 화를 불러일으킬 것이고 말입니다."

송백겸이 말했다.

"혈랑삼대의 고수가 죽어가는 순간에 그들이 살아 있음을
알린 것도 바로 그 이유 때문이군요. 한마디로 엿을 먹인 셈
인데. 후후, 그가 성공을 하든 못 하든 혼세신교가 다시 한 번
발칵 뒤집어지겠군요."

장기룡이 말했다.

"단신으로 신궁을 쳐들어갈 생각을 하다니. 십병귀라는 그
자, 정말 간이 배 밖으로 나온 자로군요."

"말조심하라!"

남궁옥이 정색을 하고 말했다.

구일청은 황급히 허리를 굽혔다.

"우리와 가는 길이 다르다고 하나 그는 한때 정도무림을 구원하려 했던 영웅이다. 그를 칭할 때는 반드시 예를 갖추도록 해라."

"소제의 생각이 짧았습니다. 용서해 주십시오."

구일청은 다시 한 번 허리가 부러지도록 용서를 구했다. 남궁옥은 구일청을 한차례 무섭게 노려보고는 송백겸에게 물었다.

"산채의 사람들은?"

"미혼산(迷昏散)이 효과가 있었나 봅니다. 번을 서는 경계 병력을 제외하고는 모두 깊이 잠들었습니다."

"상황이 어떻게 급변할지 모른다. 만약의 경우를 대비해 언제든 경종이 울리면 깨어날 수 있어야 한다. 마교에는 교활한 자들이 구름처럼 많다는 걸 명심해라."

"알겠습니다."

"오성군은 잘 처리하였겠지?"

남궁옥이 이번엔 장기룡에게 물었다.

"마침 육반산 아래에 작은 암굴이 하나 있었습니다. 쥐도 새도 모르게 옮겨놓은 다음 솜씨 좋은 아이들로 하여금 암중에서 번을 서게 하고 있습니다. 한데……"

장기룡이 말꼬리를 흐렸다.

"무슨 일인가?"

"일다경 전에 당소정 소저께서 뇌옥을 다녀갔다고 합니다. 위상문이 막아섰지만 뜻을 굽히지 않으셔서 결국 뇌옥을 확인시켜 드렸다고 합니다."

"육성녀 때문이야. 일러준 대로 대처했겠지?"

"물론입니다.

"우리 쪽 사람들이 아는 건 중요치 않아. 얼마든지 합당한 이유를 만들 수 있으니까. 문제는 천망의 눈에 띄지 않아야 한다는 것이야."

"그 점은 염려 놓으십시오."

"문제는 지금부터다. 우리의 적들은 강한데다 밤하늘의 별처럼 많다. 작은 실수로도 대사를 그르칠 수 있으니 한시라도 한눈을 팔아서는 안 된다."

"명심하겠습니다."

세 사람이 이구동성으로 말했다.

남궁옥은 어슴푸레한 밤하늘로 시선을 던졌다. 만월이 사위를 비추는 가운데 무수한 별이 찬란한 빛을 받고 있었다.

과거 당소정이 몽중연을 찾아줄 때마다 남궁옥은 밤을 틈타 파양호로 뱃놀이를 가곤 했다. 두 사람은 파양호 위로 쏟아지는 별빛을 보며 정담을 나누었다.

마교의 칼날 아래 쓰러져 간 정도무림의 영웅들을 이야기했고, 가문의 정원에 피던 꽃들에 대해서도 이야기했다. 그러다. 결국엔 가족을 그리워하며 눈시울을 적셨다.

하지만 그 밤 내내 남궁옥이 본 것은 당소정의 눈 속에 담겨 총총 빛나는 별들이었다. 그때 결심했다. 무슨 일이 있어도 그녀만은 지켜주겠노라고.

'너도 언젠가는 나를 이해하게 될 거야.'

한순간 만월이 구름 속에 갇히면서 사위가 칠흑처럼 어두워졌다. 때를 맞춰 어디선가 야조의 울음소리가 들렸다.

남궁옥이 두 눈을 번쩍 떴다.

'그들이 왔군.'

第九章 한밤의 불청객들

十兵鬼
십병귀

남궁옥은 일체의 병력을 배제한 채 몽중연에서부터 함께
한 단 세 명만 대동하고 고원으로 나갔다. 구룡채를 벗어나
백여 장 정도 걸어갔을 때 그는 걸음을 멈추었다.

잠시 후, 전방으로부터 어둠을 헤치고 일단의 말과 사람들
이 나타났다. 소리를 내지 않기 위해 말에서 내려 고삐를 쥐
고 은밀하게 다가오고 있는 자들의 숫자는 백여 명.

하나같이 정강이까지 내려오는 피풍의를 입고 죽립을 눌
러썼는데 말과 사람이 고원의 황토를 흠뻑 뒤집어쓴 터라 지
척에서 보지 않으면 주변의 풍광과 구별을 하기 어려웠다.

괴인들은 십여 장의 거리를 두고 멈춰 섰다.

그중 한 사람이 말고삐를 수하에게 넘기고는 앞으로 나섰다. 그는 지척에 이르러 가죽장갑을 낀 손가락으로 죽립의 끄트머리를 살짝 들어 올렸다.

순간, 괴인의 얼굴이 달빛 아래에 드러났다. 치렁하게 늘어뜨린 머리카락 사이로 뿜어져 나오는 안광이 여간 섬뜩하지 않았다. 분명 살기는 아닌데 그보다 더한 위압감이 괴인에겐 있었다.

고수는 고수를 알아보는 법.

남궁옥을 비롯한 네 사람은 눈앞의 죽립인이 백전을 치른 실전의 고수임을 알아보았다. 그야말로 살인을 밥 먹듯 하는 냉혹한 살인 기계일 것이다.

"신궁에서 온 사람들이오?"

남궁옥이 먼저 물었다.

"아마도."

얼굴만큼이나 섬뜩한 목소리가 괴인의 입술을 비집고 흘러나왔다.

"남궁옥이오."

남궁옥이 먼저 자신을 소개했다.

죽립인은 묘한 표정을 짓더니 말했다.

"신교를 위해 일한다는 비선의 적주가 남궁가의 혈족이었군. 생각보다 거물이었는걸."

"무언가를 크게 잘못 알고 있군. 난 한 번도 신교를 위해 일한 적 없소. 다만 원하는 걸 얻기 위해 잠시 거래를 했을 뿐."

"결과가 과정을 합리화시키는 법. 이유 따윈 아무래도 상관없겠지. 난 이정풍이라고 한다."

'흑월!'

남궁옥을 비롯해 네 사람의 머릿속에 똑같이 든 생각이다. 혼세신교 내에서도 신비하기로 유명한 네 개의 조직 사루(四樓), 그중에서도 가장 알려진 바가 없다는 흑월루주의 이름이 바로 이정풍이었다.

이정풍이 흑월의 살인귀들을 이끌고 온 것이다.

남궁옥은 눈매를 좁혔다.

흑월은 천제악의 편에 섰다고 들었다.

하면 신궁과 팔마궁의 전쟁에서 신궁이 이겼다는 말일까?

그렇다면 일단은 안심이다.

자신이 거래를 한 쪽은 신궁이었고, 신궁이 건재하다면 처음에 했던 약속이 지켜질 공산도 아무래도 높지 않겠는가.

하지만 섣부른 판단은 금물이다.

남궁옥은 일체의 표정을 드러내지 않고 말했다.

"신궁에서 전쟁이 일어났다고 들었소만."

이정풍은 남궁옥의 머릿속을 환히 꿰뚫어 보는 듯한 미소를 흘리며 말했다.

"팔성군을 다른 곳으로 옮겨놓았다더군."

그사이 이정풍의 수하들이 뇌옥을 다녀갔나 보다. 한데 남궁옥은 그 어떤 기척의 접근에 대한 보고도 받지 못했다. 흑월의 고수들은 움직임이 귀신같다더니 과연 명불허전이다.

한 가지 더, 남궁옥은 이정풍이 팔성군을 찾았다는 것에 주목했다. 전쟁에서 신궁이 승리를 했다면 오성군은 제거된다. 반대로 팔마궁이 승리를 했다면 팔성군은 새로운 거래를 위한 밑천이 된다.

도대체 어느 쪽인가.

그때 이정풍의 말이 이어졌다.

"아, 이제 오성군이라고 불러야 하나?"

적양궁의 조백선, 장락궁의 섭대강, 유마궁의 우두간이 죽었음을 이정풍은 알고 있었다. 금사도에서 있었던 일이고 천망외 누군가가 보고를 했을 터이니 흑월이 아는 것은 너무나 당연했다.

남궁옥이 궁금한 것은 그래서 누가 전쟁을 승리로 이끌었냐이다.

"아직 내 질문에 답을 주지 않았소."

"흑월은 처음부터 비마궁의 궁주를 주군으로 모셨다. 귀하는 삼궁의 혈족을 죽음에 이르게 한 대가를 치를 준비가 되어 있는가?"

"……!"

남궁옥을 비롯한 사 인의 얼굴이 딱딱하게 굳었다. 이정풍의 말에서 팔마궁이 승리했음을 알아차렸기 때문이다.

만박노사와 함께 천제악을 위해 일하는 것으로 알려진 흑월이 사실은 팔마궁이 신궁에 심어놓은 복검자였을 줄이야. 신교가 온갖 음모와 귀계가 난무하는 곳이라는 얘기는 들었지만 저렇게까지 뒤통수를 칠 줄이야.

놀라 뒤집어질 천제악과 만박노사가 연상되었다. 흑월과 같은 엄청난 집단을 신궁에 잠입시켜 놓았으니 팔마궁이 승리를 거머쥐는 것은 어쩌면 당연한 수순이었는지도 모른다.

남궁옥은 하늘이 노래지는 것 같았다.

이렇게 되면 신궁과 했던 거래가 모두 무용지물이 된다. 뿐만 아니라 팔마궁의 혈족 세 명이 죽었으니 그 후폭풍을 어떻게 감당할 것인가.

남궁옥은 마음을 다잡았다.

신궁과 팔마궁 사이에 전쟁이 일어났다는 정보를 입수했을 때부터 지금과 같은 상황을 계산하고 또 계산했다.

팔마궁의 혈족 세 명이 죽은 것은 참으로 난감한 일이지만 반면 다섯 명을 사로잡은 것은 전화위복의 기회가 될 수도 있다.

그들을 빌미로 다시 협상을 해야 한다.

상대도 협상의 여지를 보이고 있었다.

천여 명에 이른다는 흑월의 수장 이정풍이 단 백 명만을 이끌고 온 것이 그 증거였다.

"단도직입적으로 묻겠소. 흑월의 고수를 백여 명이나 데려온 것은 오성군을 신궁까지 안전하게 호위하기 위함이오, 아니면 우리와 일전을 불사하기 위함이오?"

"애초의 작전은 구출이 목적이었지."

이정풍은 빙긋 웃으며 말했다.

"하지만 실패했고."

"일단은 그런 셈이지."

"하면 이제 다시 협상을 해보겠소?"

"내가 그럴 필요가 있을까?"

"오성군을 무사히 귀환시키고 싶지 않소?"

"듣자 하니 십병귀가 떠났다고 하더군."

남궁옥이 표정을 굳혔다.

이정풍이 돌연 웃음기를 거두며 말했다.

"흑월의 고수 일백이면 구룡채를 쑥대밭으로 만들 수 있다. 타격을 목표로 한다면 여기 있는 너희를 포함해 정도무림의 수뇌부 이삼십 명쯤은 확실하게 죽이고 몸을 뺄 수 있지.

어떤가? 그들의 목숨을 살려주는 대가로 오성군을 내게 양도하는 것은?'

무림인으로 살면서 죽이겠다는 협박 한 번쯤 받아보지 않은 사람은 없을 것이다. 하물며 정도무림의 생존자로서 평생을 마교의 추격대에게 쫓기며 산 네 사람이 겪은 위협은 상상도 할 수 없었다.

하지만 맹세코 지금처럼 섬뜩하게 느껴진 적은 없었다. 이정풍과 백 인의 살인귀라면 정말로 구룡채를 쑥대밭으로 만들어 버릴 것이다. 더구나 지금은 대부분 깊은 잠에 빠져든 시각이 아닌가.

남궁옥은 품속에서 말없이 죽통 하나를 꺼냈다.

아래에 화섭자가 끼워져 있는 죽통은 폭죽을 발사하기 위한 일종의 장치였다.

"폭죽이 하늘로 솟구치는 순간 오성군은 목이 떨어질 것이오. 동시에 경종이 울리며 구룡채의 모든 사람을 깨울 것이오. 귀하가 계산한 기습의 실리는 없을 것이오."

"네가 자신들을 배신했다는 걸 사람들이 알아도 좋단 말이지?"

"내 비록 영혼을 팔았으나 일신의 안위를 위한 것이 아니었소. 지금까지의 거래가 무산된다면 나 역시 순순히 죽지는 않을 것이오. 진정 그렇게 되길 원하시오?"

이정풍은 착 가라앉는 눈빛으로 한동안 남궁옥을 직시했다.

남궁옥은 차가운 뱀 한 마리가 자신의 몸속으로 들어와 오장육부를 훑고 지나가는 듯한 착각이 들었다.

이윽고 이정풍의 눈동자에서 관조의 빛이 사라졌다. 그가 말했다.

"원하는 게 무엇인가?"

"그전에 당신이 전권을 가지고 왔는지를 먼저 확인해야겠소."

이정풍은 대답 대신 품속에서 신패를 꺼내 던졌다. 남궁옥은 공중에서 신패를 낚아챈 다음 면밀히 살폈다.

저 멀리 천산에서만 난다는 설강석(雪鋼石)에 황금을 섞어 만든 신패에는 시뻘건 화염이 정교하게 새겨져 있었다.

천산에서 채화한다는 혼세신교의 성화다.

자신이 오래전 만박노사로부터 받은 초공산 교주의 신패와 한 치의 다른 점도 없는 진품이었다. 이런 세 몇 개나 있는지 모르지만 혼세신교의 교주들은 자신의 명을 이행하는 자에게 신패를 주어 교주의 권위를 위임한다.

한 가지 다른 것이 있다면 성화 아래에 음각으로 새겨진 한 글자다. 당대 교주의 성(姓)에 따라서 글자가 바뀌는데 이번엔 이(李) 자였다.

'비마궁주가 교주가 되었군.'

"신교의 권위는 하늘과 같은 것. 아홉 번째 교맥을 이은 이정갑 교주께서는 전대 교주의 공과(功過)를 함께 이어받겠다고 하셨다. 다시 말해 전 교주가 누군가에게 약속을 했다면 그것이 비록 부당한 약속일지라도 여전히 유효하다."

곁에서 지켜보던 구일청, 송백겸, 장기룡은 흥분을 감추지 못했다. 정도무림의 수많은 생존자의 목숨을 희생해 가며 수년 동안 진행해 온 일이 드디어 결실을 맺으려 하고 있었다.

사람들은 가슴이 복받쳐 올라 금방이라도 만세를 부르고 싶었다.

누구보다 기뻐해야 할 사람은 남궁옥이었다.

한데도 그는 여전히 침착한 표정으로 일관했다.

이건 뭔가 너무 쉽다.

신교는 귀계와 음모가 판을 치는 세상이다.

그들은 이득 없이 움직이지 않는다. 전대 교주의 공과를 모두 이어받겠다고? 웃기는 소리다. 그렇게 신의를 아는 자들이 권좌를 차지하기 위해 사부를 죽이고, 사질을 죽이고, 형제들을 죽이나.

신교의 마인들에게 명분과 대의는 미리 짜 맞춰놓은 결과를 합리화시키기 위한 수단에 지나지 않았다.

"조건이 있겠지요?"

"과연 눈치가 빠르군."

"……?"

"십병귀를 내어달라는 것이 교주의 명이셨다."

"그는 이미 떠났소."

"알고 있다. 하지만 내가 신궁을 떠날 때까지는 그렇질 않았지. 해서 교주님을 설득하려면 내가 신궁으로 돌아가는 길에 그에 상응하는 것을 가져가야 할 것 같은데, 그렇게 생각지 않나?"

"신궁과의 거래를 이행해 주는 조건으로 오성군을 내어달라는 얘기로군."

"무슨 수로 그럴 수 있었는지 모르겠다만 오성군을 사로잡은 걸 천운으로 여겨라."

그 말은 곧 오성군을 내어주지 않으면 지난날 남궁옥이 신궁과 했던 거래 또한 무산된다는 뜻이다.

어쩜 이렇게 엽무백이 했던 말과 똑같이 전개될까?

만약 엽무백이 있었다면 이렇게 되었을까?

저들은 엽무백과 오성군 모두를 원했을 것이다.

남궁옥은 바보가 아니었다.

엽무백의 말처럼 오성군을 볼모로 끌어낼 수 있는 모든 것을 끌어내야 했다.

"추후 구룡채에 있는 사람들의 안전을 보장해 주시오."

다시 말해, 오성군을 넘겨주고 나면 지난날 신궁과 했던 약속을 이행하는 연장선에서 구룡채에 집결한 모든 사람을 더는 추격하지 말라는 뜻이다.

"그는 내 권한 밖이다."

"내가 신궁과 거래를 한 것은 사람들을 살리기 위함이었소. 오성군을 내어주고 그들을 죽음에 이르게 하면 지난날 내가 신궁과 했던 거래는 의미가 없소."

"오성군을 볼모로 너무나 많은 것을 요구하는군. 좋아, 이렇게 하지. 구룡채에 모인 역도 중 구파일방과 오대세가 출신을 모두 바쳐라. 아, 그대의 연인은 제외하도록 하지. 사천당문의 영애 맞지?"

화산 매화검수 문풍섭, 무당칠검 한백광, 소림 나한승 법공, 청성오검, 그리고 개방 장로 왕거지와 후개가 이에 해당한다.

"아, 또 있군. 백귀총의 소악마와 해월루의 계집, 그리고 광동진가의 꼬마도 함께 내줘야겠다. 그들을 바치면 나머지 사람들은 목숨을 보장하지."

구일청, 송백겸, 장기룡은 분노로 몸을 떨었다.

이정풍이 말한 사람들은 사실상 칠백의 생존자를 이끄는 수뇌부이다. 수뇌부 전부를 바치라는 것은 구룡채에 집결한 사람들을 해산시키라는 것이다.

놈들이 원하는 바는 명백하다.

혼세신교를 위해 언제든지 칼을 겨눌 수 있는 세력의 싹을 잘라 버리는 것.

"오성군의 목숨 값치곤 너무 싸군."

"난 분명 거래를 이행하겠다고 했을 텐데. 일 성(星)이 너에게 떨어진다. 제아무리 오성군이라고 해도 더는 불가하다."

"그건 금사도를 넘겨주는 것으로 이미 값을 치렀소."

"팔마궁 중 삼 개 궁의 혈족이 죽었다. 너는 그들의 신분이 얼마나 대단한지 짐작조차 못 하는 것 같군. 제아무리 교주라고 한들 그들 삼궁을 달랠 수 있는 무언가가 있어야 한다. 그 정도의 정치적 계산은 할 줄 알 만한 사람이라 생각했는데 착각인가?"

"그건 팔성군의 실책이었소. 또한 귀하의 입으로 신교의 권위는 하늘과 같다고 하지 않았소이까?"

"하나의 패로 두 가지를 모두 취하겠다? 어쩔 수 없군. 그렇다면 협상을 이어가기 위해서라도 나 역시 패를 하나 더 보여줄 수밖에."

이정풍의 말이 끝나는 순간 뒤편에 시립한 일백의 무인이 썰물처럼 갈라졌다. 그 사이로 한 사람이 걸어 나오고 있었다.

암기와 독을 염려했음인지 옷은 죄다 벗겨져 얇은 고의만 남았고, 턱밑에는 죽립인이 든 시퍼런 단도가 붙어 있었다. 약간만 움직여도 경동맥이 잘려 나갈 모습으로 잡혀 나오는 사람은 놀랍게도 당소정이었다.

"소저!"

장기룡이 발작적으로 외치며 나아가려 했다.

그 순간,

차차차차창!

시퍼런 예광을 번뜩이는 검 네 자루가 벼락처럼 뽑혀 나와 장기룡을 막아섰다. 이정풍의 좌우를 점하고 있던 죽립인들이 검을 뽑아 든 것이다.

송백겸, 구일청, 장기룡은 너무 놀라 할 말을 잃었다.

남궁옥의 두 눈에서 새파란 불똥이 튄 것도 동시였다.

흑월의 월주가 등장하는 순간부터 호락호락하게 진행되지 않을 거라는 건 알았지만 어느새 당소정을 인질로 잡았을 줄이야.

남궁옥은 참담한 마음을 금할 길 없었다.

지금까지 한 이 모든 일의 절반은 당소정을 위한 것이었다. 그녀와 함께 새로운 세상을 일굴 생각으로 숱한 오욕과 괴로움을 견뎌왔다.

한데 그런 그녀가 적의 수중에 떨어져 버렸다.

그것도 백여 명의 남자 앞에서 옷을 모두 벗긴 채로. 비록 고의가 남아 속살을 감추고 있다고는 하나 당소정이 언제 이런 수모를 당해봤을 것인가.

그러나 더 중요한 문제가 있었다.

지금까지 남궁옥이 이정풍과 나누었던 대화를 당소정이 모두 들었다는 것이다.

당소정의 얼굴은 분노로 얼룩져 있었다.

자신이 발가벗긴 것 따위는 중요치 않다는 듯 차갑고 무서운 눈으로 남궁옥을 노려보고 있었다.

"여기서 무얼 하고 있는 거죠? 거래는 뭐고 금사도로 값을 치렀다는 건 또 뭐죠?"

당소정이 물었다.

남궁옥이 한 번도 들어본 적 없는 냉랭한 목소리였다.

"나중에 모두 얘기해 주마."

"지금 말해!"

당소정이 고함을 지르며 발작을 하는 바람에 죽립인이 그녀의 팔을 꺾었다. 턱밑에 붙어 있던 단도는 금방이라도 명줄을 끊어놓을 듯 살갗을 파고들었다. 실낱같은 피가 그녀의 하얀 목덜미를 타고 흘렀다.

당소정은 더욱더 차가운 목소리로 외쳤다.

"지금 말하란 말이야! 영혼을 파는 대가로 놈들에게 무얼 받기로 했는지 지금 말하란 말이야."

당소정의 맑은 두 눈에서 굵은 눈물이 뚝뚝 떨어졌다.

당소정이 놈들에게 납치되어 온 것은 일다경 전이다. 그때부터 줄곧 마혈을 제압당한 상태에서 놈들과 섞여 있었다. 그러다 머지않아 남궁옥이 나타났고, 이정풍과 남궁옥이 나누는 대화를 들었다.

당소정은 바보가 아니다.

그녀는 두 사람의 대화를 통해 오래전부터 남궁옥과 마교 사이에 금사도를 두고 모종의 거래가 있었다는 걸 알아차렸다.

당소정이 느낀 충격은 이루 말할 수가 없었다.

비록 뜨거운 마음을 준 사내는 아니지만 한때는 그와 부부의 연을 맺을 생각까지 했다. 파양호에서 자신이 십병귀를 따라가겠다고 했을 때 흔쾌히 보내주는 모습에서는 말할 수 없는 감동과 신뢰도 느꼈다.

그런 그가 배신자였다니.

그런 줄도 모르고 칠백여 명이나 되는 사람들이 죽을 고생을 하며 이곳까지 왔다. 그동안 죽어나간 사람들의 숫자는 또 얼마이던가.

당소정은 말할 수 없는 분노와 배신감을 느꼈다.

"거래를 받아들이겠다."

남궁옥이 이정풍을 돌아보며 말했다.

목소리가 차디찬 하대로 바뀌어 있었다.

이정풍은 흡족한 듯 고개를 끄덕였다.

"오성군의 안전을 먼저 확인하도록 하지. 그런 다음 이 자리에서 당가의 영애와 교환을 하는 즉시 앞서 말한 수뇌부의 목을 따러 가자고. 어때?"

송백겸, 구일청, 장기룡의 얼굴이 노래졌다.

이정풍과 남궁옥의 대화를 들어 대강의 사정을 아는 당소정 역시 샛노래진 얼굴이 되었다. 사람들은 모두 남궁옥을 바라보았다. 이 모든 결정권이 남궁옥에게 있었으므로.

남궁옥은 구일청을 돌아보며 고개를 끄덕였다.

오성군을 데려오라는 뜻이다.

"형님……!"

구일청이 조용히 남궁옥을 불렀다.

적주라는 평소의 호칭과 달리 사적인 호칭이었다.

이건 뭔가 아니지 않느냐는 뜻이다.

원하는 것을 얻기 위해 정도무림의 생존자들을 희생시킨 것이 어제오늘의 일은 아니다. 하지만 이정풍이 목숨을 내놓으라는 수뇌부는 좀 달랐다. 짧은 시간이었지만 생사고락을 함께하며 정이 든 사람들이다.

십병귀와 함께 마교의 타격대를 소탕할 때는 피가 끓기도 했다. 그 뜨거움을 함께했던 동료들을 흑월이라는 사신들에게 던져 주어야 한다.

도저히 못 할 짓이다.

"앞서 간 사람들의 목숨을 헛되게 할 셈이더냐."

"하지만……."

"나 역시!"

"……!"

"…쉽게 내린 결정은 아니다."

구일청은 조용히 고개를 끄덕인 후 어딘가를 향해 휘파람을 불었다. 그 신호에 맞춰 저만치 떨어진 곳에서 또 다른 휘파람 소리가 났다. 바람 소리 같기도 하고 야조의 울음 같기도 한 휘파람 소리는 육반산을 향해 천천히 전달되어 갔다.

"왜 그랬어?"

당소정이 남궁옥에게 물었다.

한결 차분해진 음성이었다.

"더 많은 사람들을 살리기 위해서였다."

"확신할 수 있어?"

"물론이다."

"그런데 왜 후회해?"

"후회하지 않는다."

"거짓말."

"……!"

당소정의 말이 맞다.

남궁옥은 오래전부터 자신의 선택을 후회해 왔다.

아마도 지쳐서일 것이다.

모든 게 자신의 선택을 합리화시키기 위한 비겁한 변명일 뿐, 실제로는 너무나 지쳐서일 것이다. 십 년이나 이어진 전쟁 동안 수많은 사람이 죽어나가는 걸 보면서 이 지긋지긋한 싸움을 끝내고 싶었기 때문일 것이다.

"지금이라도 폭죽을 쏘고 사람들을 깨워요. 그래야 해."

흥분한 탓일까?

당소정은 공대와 평대를 번갈아 하며 감정의 기복을 여과 없이 드러냈다. 그녀 자신도 지금의 상황이 말할 수 없을 만큼 혼란스러운 것이다.

"이미 강을 건넜다. 돌아올 수 없어."

"내가 죽어도 좋아요?"

"……?"

"난 당신과 달라요. 나 살자고 그 사람들을 죽일 순 없어요. 정말 내가 죽길 바라요?"

당소정은 자신의 턱밑에 검을 붙인 죽립인의 팔을 덥석 붙들었다. 동시에 죽립인의 손으로 자신의 목을 힘껏 그었다. 그녀의 목덜미에서 핏물이 훅 터졌다.

"이런 망할 년!"

"안 돼!"

남궁옥이 질풍처럼 신형을 쏘았다.

그 순간, 또 다른 죽립인이 허리춤에서 검을 뽑아 들고는 앞을 가로막았다. 남궁옥은 철판교의 수법을 발휘, 상체를 뒤로 급박하게 꺾었다.

죽립인의 검신이 그의 가슴을 아슬아슬하게 핥고 지나가는 순간 남궁옥은 다시 한 번 신형을 비틀었다. 동시에 벼락처럼 검을 뽑아 죽립인의 옆구리를 베어갔다.

'싸악' 하는 소리와 함께 죽립인의 옆구리에서 핏물이 터졌다. 순식간에 흑월의 진영으로 난입한 남궁옥은 당소정을 인질로 잡은 사내를 향해 검을 쭉 뻗었다. 번쩍이는 섬광과 함께 시퍼런 검기가 한 자나 뻗어 나갔다.

그 순간 천중으로부터 육중한 힘이 뚝 떨어져 검신을 후려쳤다.

깡!

강렬한 쇳소리와 함께 남궁옥의 검이 아래로 꺾였다. 죽립인의 목을 뚫어가던 검기도 순식간에 사라져 버렸다. 동시에 천중으로부터 가해졌던 엄청난 힘이 이번엔 남궁옥의 안쪽을 파고들었다.

이정풍이 검을 난사하기 시작한 것이다.

따따따따따땅!

질풍과도 같은 여섯 합이 이어졌다.

남궁옥은 검기를 뽑아내는 무예를 소유하고도 이정풍의 눈부신 검초를 감당하지 못했다. 무려 대여섯 걸음이나 물러난 후에야 남궁옥은 가까스로 멈춰 설 수 있었다.

그가 재빠른 반격을 가하려는 찰나,

휘우웅!

서늘한 바람과 함께 그의 눈앞에서 검신 하나가 양미간을 겨냥한 채 조용히 흔들리고 있었다. 남궁옥을 밀어붙인 이정풍이 어느새 급소를 제압한 것이다.

그야말로 전광석화와도 같은 일초.

남궁옥은 검을 반쯤 휘둘러 가던 자세에서 우뚝 멈췄다.

이정풍은 남궁옥을 향해 검을 겨눈 상태에서 후방의 수하에게 물었다.

"어떤가?"

"피를 좀 흘렸시만 목숨에는 지장이 없습니다."

당소정을 사로잡고 있는 죽립인이 대답했다.

이정풍이 다시 남궁옥에게 말했다.

"들었지? 그녀는 안전하다."

함부로 경거망동하지 말라는 뜻이다.

흑월의 무공은 가볍지 않다.

결정적인 순간 죽립인은 팔을 바깥으로 휘두르는 한편 무릎으로 옆구리를 가격해 당소정을 제압할 수 있었다. 급소를 맞고 순간적으로 숨이 턱 막힌 당소정은 한 손을 바닥에 짚고 엎드려 있었다.

그녀의 목에서 흘러나온 피가 바닥으로 뚝뚝 떨어졌다.

남궁옥은 이정풍을 무섭게 쏘아보며 말했다.

"언젠가 이 대가는 반드시 치르게 해주겠다."

"기대하지."

이정풍은 빙긋 웃었다.

미소를 지을 때 오히려 더욱 섬뜩해지는 얼굴의 소유자가 이정풍이었다.

그때였다.

육반산이 있는 서쪽으로부터 누군가 황급히 달려오는 소리가 들렸다. 육반산에서 오면 남궁옥이 이끄는 비선의 사람이다.

지금 이 상황에서 비선의 인물이 이렇게 다급하게 달려올 이유가 없다. 남궁옥은 직감적으로 일이 잘못되었음을 깨달았다.

과연 나타난 사람은 비선의 인물이었다.

그는 새파랗게 질린 얼굴로 남궁옥에게 다가갔다.

"어떻게 된 거야?"

"귀를 좀……."

"나도 들어야겠다."

갑작스럽게 끼어든 사람은 이정풍이었다.

무슨 일이 일어났든 숨길 수 없는 상황이다.

남궁옥은 이정풍을 힐끗 바라본 후 비선의 수하에게 고개를 끄덕여 주었다. 비선의 인물은 이정풍과 흑월의 고수들, 그리고 남궁옥을 한차례 번갈아 바라본 후 무겁게 입을 열었다.

"오성군이 사라졌습니다."

"그게 무슨 말이야?"

남궁옥이 목소리를 쥐어짰다.

"모르겠습니다. 가보니 번을 서던 다섯 명이 모두 죽어 있고 오성군은 흔적조차 없이 사라진 후였습니다."

"위상문은?"

위상문은 구룡채에서 뇌옥을 지키다가 당소정이 다녀가고 나면 육반산의 암동으로 위치를 옮겨 그곳을 진두지휘하기로 되어 있었다.

"목이 달아난 채 몸통만 남아 있었습니다."

"그게 무슨……!"

그 순간, 어둠 속 허공으로부터 시커먼 물체가 날아와 양쪽이 대치하고 있는 한가운데로 떨어졌다.

위상문의 머리통이었다.

"상문!"

장기룡이 오열과도 같은 음성으로 위상문을 불렀다.

하지만 몸뚱어리를 잃은 머리통이 대답을 할 리 없었다.

차차창!

구일청, 송백겸, 장기룡은 득달같이 검을 뽑아 들고는 흑월을 노려보았다. 비선의 고수 다섯이 죽고 오성군은 흔적도 없이 사라졌다. 이런 일을 할 수 있는 자들이 누구겠는가.

흑월의 척후조밖에 없다.

남궁옥은 이정풍을 무섭게 쏘아보며 말했다.

"이게 무슨 짓이오!"

한데 당황한 얼굴이기는 이정풍 역시 마찬가지였다.

"우리가 아니다."

"당신들이 아니라면 누구란 말이오!"

"아무래도 너희가 통제하지 못한 인물이 하나 있는 듯한데……."

순간 이정풍이 눈동자를 빛내며 서쪽을 바라보았다.

잠시 후, 과연 기척이 느껴지는가 싶더니 흐릿한 인영 몇 개가 어둠을 뚫고 다가왔다. 거리가 점점 가까워지면서 인영들의 실체가 드러났다.

"일성군……!"

이정풍의 입에서 나직한 신음이 흘러나왔다.

가장 먼저 모습을 드러낸 사람은 일성군 이도정이었다. 뒤를 이어 이성녀 신화옥, 삼성군 북진무, 사성군 허옥, 육성녀 소수옥이 차례로 등장했다.

한데 그 모습이 괴이했다.

무슨 고초를 당했는지 옷매무새는 흐트러지고 머리카락은 죄다 산발이 따로 없었다. 평소 결벽증까지 있을 정도로 단정하던 신화옥의 모습은 그중 최악이었다.

단지 그것 때문에 사람들이 놀란 것은 아니었다.

그들 오성군의 손과 발에는 철갑이 둘러져 있었다. 철갑은 굵은 쇠사슬과 연결되었고, 쇠사슬은 다시 다섯 사람을 굴비처럼 하나로 엮었다.

이것만으로도 치욕이 따로 없는데 또 다른 금제가 있었다. 그건 다섯 사람의 양팔을 관통하여 지나가는 커다란 통나무였다.

다시 말해 다섯 사람은 쇠사슬로 엮인 상태에서 항아리처럼 굵은 통나무를 왼쪽 옆구리에 끼고 있었다. 팔을 움직이려야 움직일 수 없고 발은 겨우 무릎까지 정도밖에 올릴 수가 없었다.

한마디로 몸만 성할 뿐 일절 무공을 쓸 수 없는 상태였다. 오성군이 제아무리 고절한 무공의 소유자라고 해도 저렇게까지 금제를 당한 상태에서는 통나무나 다름없다.

　이정풍은 분노로 치를 떨었다.

　가장 뒤에는 오성군을 엮은 쇠사슬을 쥐고 다가오는 한 사람이 있었다.

　한 사람?

　오성군과 같은 초절정고수를 이송하는 데 겨우 한 사람?
사람들은 모두 안력을 끌어올려 괴인의 정체를 확인했다.

　"당엽……!"

　당소정의 입에서 흘러나온 신음이었다.

第十章 그가 돌아왔다

　남궁옥, 구일청, 송백겸, 장기룡은 놀라움을 금치 못했다. 당엽은 중상을 입고 운신을 하지 못한다고 들었거늘 그가 지금 이곳에 어찌하여 나타날 수 있단 말인가.

　이정풍은 이정풍대로 표정을 묘하게 일그러뜨렸다

　백귀총의 소악마 당엽에 대한 소문은 익히 들었지만 그를 직접 본 것은 오늘이 처음이다.

　"멈춰!"

　당엽이 말했다.

　오성군은 정확히 십여 장의 거리를 두고 그 자리에 멈췄다.

한 치의 망설임도 없이 시키는 대로 하는 걸 보면 당엽의 지독한 손속을 경험한 모양이다.

오성군이 멈추자 이정풍의 좌우를 점하던 흑월의 고수 몇 명이 상체를 낮추고 검을 뽑아갔다. 그건 그야말로 본능적인 움직임이었다. 하지만 그들의 검은 절반쯤 뽑히다 멈추었다.

삼성군 북진무가 갑자기 '컥!' 하는 비명과 함께 앞으로 고꾸라졌기 때문이다. 그의 등에는 한 뼘이 조금 넘는 비수가 박혀 있었다.

그 비수의 손잡이를 당엽이 쥐고 있었다.

흑월이 움직임을 보이려는 찰나 당엽이 바람처럼 비수를 뽑아 북진무의 등을 찍어버린 것이다. 비수가 박힌 방향으로 볼 때 저 상태에서 아래로 그어버리면 심장이 두 동강 나리라.

"경고하는데, 나를 시험하려 들지 마라."

당엽이 서늘한 음성으로 말했다.

이정풍이 한 손을 들어 수하들을 물러나게 했다.

"귀하가 백귀총의 소악마군."

"수하들을 개떼처럼 풀어놨더군."

"……?"

"다들 솜씨가 좋더라고."

오성군의 위치를 파악하기 위해 이정풍이 푼 수하의 숫자는 모두 일곱이었다. 그들은 하나하나가 고도의 살수비기를 익힌, 흑월 내에서도 가장 뛰어난 자들이었다. 작전을 나갈 때는 항상 최전방에서 척후를 살피던 특무 일조가 단 한 사람에 의해 궤멸되어 버렸다.

이정풍은 당엽에 대한 자신의 평가를 수정했다.

'만만한 놈이 아니다.'

"어떻게 된 거죠?"

당소정이 당엽을 향해 달뜬 음성으로 물었다.

"나도 모르오."

"그게 무슨 말이에요?"

"난 다만 시키는 대로 했을 뿐이오. 그가 이르길, 달이 머리 꼭대기에 이르면 오성군을 찾아 황토고원으로 나오라고 합디다. 그 과정에서 막아서는 자들이 있다면 이유 불문하고 베어도 좋다는 말과 함께."

"그라면……."

당엽은 대답 대신 왼쪽으로 고개를 꺾었다.

사람들의 시선이 그를 따라 일제히 한곳으로 향했다.

과연 어둠 속으로부터 발걸음 소리가 저벅저벅 들려오기 시작했다. 그 어떤 망설임도 없고 서두르지도 않는 발걸음 소리는 점점 가까워졌다. 그리고 이내 흐릿하게 모습을 드러냈다.

낯익은 피풍의에 죽립을 눌러쓴 괴인이었다.

행색은 영락없는 흑월의 무사 복장이다.

하지만 흑월의 무사일 리 없으니 아마 황토고원 어딘가에서 흑월의 무사를 만나 죽이고 빼앗은 것이리라. 거리가 가까워지자 괴인은 거추장스러운 물건을 여태 참고 있었다는 듯 죽립을 휙 벗어 던져 버렸다.

그의 얼굴이 달빛 아래 드러났다.

그를 보는 순간 사람들은 적아를 막론하고 모두 공황 상태가 되어버렸다. 그는 초저녁에 구룡채를 떠났던 십병귀 엽무백이었다.

"하아……!"

당소정의 입에서 나직한 신음이 흘러나왔다.

그제야 사람들은 엽무백의 등 뒤로 불쑥 솟아오른 한 자루 장창을 발견했다. 흡사 태산이 밀려오는 듯한 압박감에 흑월은 허리춤에 매어둔 검까지 뽑아 들며 서너 걸음이나 물러났다.

엽무백의 등장은 그만큼 그들을 긴장케 했다.

엽무백은 일말의 망설임도 없이 남궁옥 일행과 흑월이 대치하고 있는 한가운데로 들어왔다.

걸음을 멈춘 엽무백은 왼쪽으로 고개를 꺾었다.

그의 앞에는 사색이 된, 하지만 자신의 감정을 드러내지 않기 위해 죽으라 애를 쓰고 있는 남궁옥이 서 있었다.

"내게 할 말이 있지 않나?"

"……?"

"간자가 침투해 있을 거라는 건 짐작했다. 나라도 그랬을 테니까. 하지만 그게 너일 줄은 몰랐다."

예전과 달리 엽무백은 연거푸 하대를 했다.

말없이 엽무백을 응시하던 남궁옥은 이내 체념한 듯 물었다.

"어떻게 된 영문인지 가르쳐 주겠소?"

"금사도의 폭기."

"……?"

"시간이 맞질 않았어. 진령으로 들어가고 난 후에도 사람들은 내가 육반산으로 향한다는 걸 몰랐지. 모두 진령을 넘어 황하로 북진하는 줄로만 알았다. 사람들이 금사도의 위치를 안 건 육반산에 당도하기 반나절 전이야. 한데 적들은 내가 금사도로 향할 것을 알고 미리 벽력궁의 폭기들을 설치해 놓았다. 정확하게 말하면 초열뇌화진(焦熱雷火陣)이라는 놈이지."

"……?"

"짐승을 잡기 위한 매설이라면 한나절 만에도 끝낼 수 있지. 하지만 무림의 고수를 속이려면, 특히 나를 속이고 잡을 정도로 은밀하고 정교한 폭뢰진을 설치하려면 하루는 꼬박 걸려. 그땐 내가 육반산으로 향할 거라는 걸 아무도 몰랐을 텐데 이상하지 않나?"

남궁옥의 얼굴이 참담하게 일그러졌다.

다음에 나올 엽무백의 말을 알기 때문이다.

"아, 한 사람 있었지. 바로 너. 무당산에서 헤어질 당시 나는 너에게 대륙 전역에 흩어져 있는 정도무림의 생존자들을 이끌고 육반산으로 집결하라 명했다. 다시 말해, 넌 내가 금사도가 육반산에 있다는 걸 알아차렸다는 사실을 아는 유일한 사람이었지."

"다 알고 있었으면서 왜……?"

"도대체 어떤 새끼들하고 무슨 작당을 했는지 알고 싶었지. 그래야 혈채를 받아낼 수 있을 테니까. 난 빚지고는 못 사는 성미거든."

남궁옥은 할 말이 없었다.

천하의 십병귀를 자신이 요리하고 있다고 생각했는데 이제 보니 제 죽는 줄도 모르고 그의 손바닥 위에서 놀았지 않은가.

"오 년 전 비선의 궤멸은 너와 관련이 있겠지?"

엽무백이 물었다.

착 가라앉은 눈빛에선 한광이 쏟아져 나왔다.

"그렇소."

"비선에 침투해 궤멸로 이끄는 데 결정적인 역할을 했다는 마교의 간자는 너의 솜씨인가?"

"그렇소."

"금사도가 궤멸된 것도 너의 솜씨, 아니, 최소한 너의 묵인 하에 이루어진 것이고."

"이제 와서 더 무얼 숨기겠소. 모두 사실이오."

"자, 이제 묻겠다. 영혼을 파는 대가로 놈들에게서 받기로 한 것이 무엇이냐?"

엽무백은 앞서 당소정이 듣지 못한 대답을 다시 한 번 요구 했다. 이미 오래전부터 이곳에서 상황을 지켜보고 있었다는 방증이다.

"나 자신은⋯ 우리 모두의 미래라고 생각했소."

남궁옥은 고개를 들어 밤하늘을 바라보았다.

그리고 오랜 세월 가슴 깊이 묻어두었던 이야기를 담담하 게 풀어놓기 시작했다.

일의 발단은 오 년 전으로 거슬러 올라간다.

비선의 적주로 활동하며 마교의 추격대에게 쫓기는 정도 무림인들을 구출해 금사도로 인도하던 남궁옥에게 어느 날 마교의 인물이 찾아왔다.

놀랍게도 그는 만박노사였다.

당시만 해도 칠대 교주였던 초공산이 두 눈을 시퍼렇게 뜨고 살아 있는 때라 뇌총의 총주인 만박노사의 권세는 지금과 비교도 할 수 없었다.

만박노사는 초공산의 진언이라며 남궁옥에게 놀라운 제안을 해왔다. 그건 마교와 정도 무림인들이 공존(共存)할 수 있는 방안에 관한 것이었다.

초공산은 남궁옥에게 성(省) 하나를 줄 테니 살아남은 정도 무림의 생존자들을 이끌고 그곳에 가서 살라고 했다. 남궁세가를 비롯해 사라진 정도무림의 문파들을 재건해도 좋고, 새로운 문파를 세워도 좋다고도 했다.

신교의 전복을 위한 음모를 꾸미지만 않는다면 혼세신교의 무인들은 어떤 경우에도 그 성을 침범하지 않겠다는 약속도 덧붙였다.

대륙의 일 성(省)은 어지간한 나라의 영토와 맞먹을 정도로 광활한 땅이나. 그중 하나를 준다는 것은 정도무림의 영역을 인정하겠다는 소리다.

말 그대로 완벽한 공존이 되는 것이다.

그 말을 듣는 순간 남궁옥은 항주를 품은 절강성(浙江省)을 생각했다. 강동의 가장 노른자위 땅이자 대남궁세가의 모든 기반이 있던 곳. 남궁옥은 그곳에서 다시 가문을 일으키고 싶었다.

항주에 장원을 짓고 대양무역을 통해 상권을 장악하고 힘을 기르면 언젠가는 마교와도 겨룰 수 있으리라.

남궁옥은 피가 끓었다.

하지만 이토록 파격적인 제안을 그냥 할 리 없잖은가. 당연하게도 만박노사는 한 가지 조건을 덧붙였다.

만박노사는 비단 폭으로 만든 두루마리를 내밀었다. 거기엔 정마대전 중에 자취를 감춘 정도무림의 초절정고수 일백의 이름이 적혀 있었다. 구대문파와 오대세가를 비롯해 백대문파의 문주들, 장로들, 혈족들…….

혼세신교라면 하나같이 원한이 골수에 사무친 자들의 명단이었다.

즉, 살생부였다.

만박노사는 그들이 금사도에 집결했을 거라고 추정했고, 남궁옥에게 금사도의 결사대를 소탕하는 데 앞장서 줄 것을 요청했다.

남궁옥은 오대세가 중에서도 엄지손가락으로 꼽히는 남궁세가의 후예다. 구대문파와 오대세가의 씨를 말려달라면서 남궁세가의 후예인 그에게 찾아온 이유는 자명했다.

비선이었다.

비선은 본래 남궁세가 비밀 조직이었던 비각(秘閣)에서 시작되었다. 환란의 시대가 시작될 무렵 대륙의 남동쪽에 위치한 까닭에 비교적 늦게 태풍을 맞았다.

이에 남궁세가는 마교의 고수들에게 쫓기는 정도무림의 정영들을 구출해 안전한 곳으로 빼돌리는 일을 수차례나 은밀히 진행했다.

이후 비각의 배후에 남궁세가가 있음을 알아차린 혼세신교는 대병력을 보냈고, 남궁세가주는 대별산에서 일천여의 병력을 맞아 장렬하게 싸웠으나 결국 패하고 말았다.

남궁세가가 사실상 멸문지화를 당하는 결정적 계기가 된 사건이었다. 하지만 정도무림의 생존자들은 비각을 비선으로 바꾸어 남궁세가주의 높은 의기를 이어나갔다.

그게 비선이 탄생한 유래다.

남궁세가의 소공자인 남궁옥은 비선의 속성과 연결 고리를 가장 잘 아는 사람 중 하나였다. 오죽하면 그가 대륙의 모든 비선을 움직인다는 말까지 나왔을까.

반박의 말은 곧 비선을 움직여 정도무림의 일백 고수가 숨어 있는 금사도를 찾아내라는 것이다.

남궁옥은 고민하고 또 고민했다.

일백을 죽이고 수천을 살릴 것인가,

아니면 지금처럼 기약 없는 싸움을 계속할 것인가.

처음엔 양심에 얽매였다.

정도 무림인 대부분이 죽고 없는 상황에서 형제와 다름없는 사람들을 제물로 주고 사는 삶이 행복할 수 있을까?

다음엔 명분을 생각했다.

몇 사람을 사지로 내몰고 많은 사람을 구하는 것이 과연 옳은 일인가.

시간이 지날수록 남궁옥은 양심이나 명분보다 실리를 생각하게 되었다. 이대로 두면 정도무림은 언젠가는 궤멸한다. 만박노사가 준 살생부에 적힌 인물들은 대부분 전대의 고수들이었다.

살 만큼 산 그들의 숭고한 희생 위에 새로운 터전을 닦는 것이 어쩌면 현명한 선택이 아닐까? 그 독배를 마시는 것이 비선의 적주인 자신의 의무가 아닐까 하는 생각이 들었다.

남궁옥을 가장 난감하게 만든 것은 당소정이었다. 어찌 된 영문인지 살생부에는 당소정의 이름도 올라 있었다.

남궁옥은 생각했다.

절강에서 남궁세가와 사천당문이 하나로 합쳐진 새로운 무가를 세우는 거다. 그리고 힘을 키워 언젠가는 마교를 몰아내고 새로운 무림을 만드는 거다.

지금은 손가락질 받고 욕을 먹겠지만 세대를 거쳐 좋은 시절이 오면 누군가는 오늘 자신의 이 뼈아픈 판단을 알아주기를 바랐다.

무려 한 달이 지난 후 남궁옥은 만박노사를 다시 만났다. 그리고 초공산이 친히 쓰고 기명을 했다는 맹약의 증서와 신패를 받았다.

그로부터 다시 한 달이 흐른 후, 비선엔 마교의 간자가 침투했다. 남궁옥이 그의 뒤를 봐준 것은 자명했다.

정도무림의 생존자들을 안전한 곳으로 인도하던 비선의 고수들과 그들의 보호를 받으며 살던 정도무림의 고수 수백이 죽어나갔다.

단 일백을 죽이기 위한 전쟁이었지만 실제로는 몇 배의 사람이 죽어나갔다.

그해 겨울 간자는 마침내 남궁옥조차 몰랐던 금사도의 위치를 찾아냈다. 눈이 펑펑 쏟아지던 어느 날 아침 초공산의 명령을 받은 팔마궁의 병력 오천이 금사도를 급습, 금사도에 생존해 있던 결사대를 모두 없애 버렸다.

그러나 그럼에도 불구하고 살생부의 명단은 모두 지워지지 않았다. 이 점에 대해서는 남궁옥도 의아해할 수밖에 없었다. 오래전에 실종된, 그러나 죽음이 확인되지 않은 정도무림의 절정고수 오십여 명은 금사도에도 있지 않았던 것이다.

난감한 상황이 되었다.

비선과 금사도를 궤멸시키면 모든 것이 해결될 줄 알았던 만박노사와 남궁옥은 다시 만났고, 그들 오십여 명이 심산에

은거했다는 것에 의견의 일치를 보았다.

그리고 금사도가 존재한다는 소문을 여전히 흘리며 언젠가는 그들이 나와주기를 기다렸다. 그러다 느닷없이 초공산이 정체 모를 병에 걸려 앓아누워 버렸다. 그는 한두 해를 시름시름 앓기 시작하더니 어느 날 수백의 마군이 지켜보는 가운데 조용히 숨을 거두었다.

남궁옥은 크게 당황했다.

약속의 당사자가 죽어버린 상황에서 무얼 어떻게 해야 할지 몰랐다. 남궁옥은 일단 신교가 안정되기를 기다렸다.

그사이 스물일곱의 성군은 권좌를 놓고 전쟁을 벌였다. 성군 대부분과 수천 명의 고수가 죽어나가는 엄청난 싸움이었다.

마침내 천제악이 교주가 되었다.

만박노사가 남궁옥을 다시 찾아온 것도 그 무렵이었다. 만박노사는 초공산 전대 교주와의 약속이 여전히 유효함을 확인해 주었다.

그 무렵 또 한 번 예상치 못한 사건이 벌어졌다.

바로 십병귀의 출현이다.

역설적이게도 십병귀의 출현은 혼세신교와 남궁옥 모두에게 위기와 기회를 동시에 주었다. 위기는 그의 무력이 너무나 강하여 혼세신교가 엄청난 타격을 입었다는 것이고, 기회는 그로 말미암아 살생부에 오른 정도무림의 고수 중 상당수가 표면으로 드러났다는 점이다.

소림 칠십이종절예의 마지막 전승자 법공, 무당 태극권의 전수자 한백광, 개방의 후개 칠성개, 청성오검, 화산 매화검수 문풍섭, 광동진가의 유일한 생존자이자 패도의 아들인 진자강이 바로 그들이었다.

남궁옥은 십병귀와 함께하면서 항상 갈등했다.

그의 무력을 보고 있노라면 정말 마교를 뒤집어엎을 수도 있을 것 같았다. 그가 비선과 금사도의 결사대를 죽인 마교의 타격대를 쓸어버릴 때는 피가 끓어올랐다.

하지만 한편으로는 절대 불가능한 싸움이라는 걸 알고 있었다. 십병귀와 달리 남궁옥은 금사도의 결사대가 전멸했다는 걸 알았기 때문이다.

해서 남궁옥은 진심으로 십병귀를 도왔고, 또 한편으로는 그를 유인하는 이중적인 행동을 했다. 맹세코 두 가지 모두 진심이었다. 엽무백을 금사도로 유인하는 것도, 엽무백을 도와 마인들을 한 명이라도 더 죽이려 한 것도.

그런데 정도무림의 고수들을 제거하기 위해 금사도에 나타난 자들은 신궁의 병력이 아닌 팔성군이었다.

애기를 모두 끝낸 남궁옥은 조용히 엽무백을 응시했다. 그 모습이 마치 모든 죄를 털어놓고 처분을 바라는 사람처럼 담담했다.

그 순간 남궁옥은 거대한 쇠뭉치가 하복부를 파고드는 듯한 충격을 느꼈다. 엽무백이 벼락같은 일권을 내지른 것이다. 잔뜩 긴장을 하고 있던 남궁옥으로서도 도저히 어찌해 볼 수 없는 쾌권이었다.

"커헉!"

남궁옥은 상체를 꼬꾸라뜨렸다.

숨이 턱 막히며 하늘이 노래졌다.

구일청, 송백겸, 장기룡이 흑월을 향해 겨누고 있던 검을 득달같이 엽무백에게로 옮겼다. 하지만 엽무백은 그들에게 눈길 한번 주지 않고 담담한 어조로 말했다.

"이건 나를 기만한 대가다. 너로 인해 죽은 사람들의 혈채는 다른 사람들이 받을 것이다."

엽무백은 꺽꺽거리며 괴로워하는 남궁옥을 뒤로하고 다시 당소정을 향해 돌아섰다. 그녀는 여전히 흑월의 죽립인에 의해 검을 턱 아래 붙인 상태였다. 죽립인은 금방이라도 당소정의 목을 그어버릴 것처럼 긴장하고 있었다.

하지만 당소정은 자신의 턱밑에 검이 붙어 있다는 걸 망각한 것 같았다. 넋이 빠져나간 사람처럼 먹먹한 얼굴이 된 그녀는 눈물을 뚝뚝 흘리며 남궁옥을 바라보고 있었다.

"괜찮겠소?"

엽무백이 물었다.

당소정은 소매로 눈물을 훔치고는 애써 담담한 표정을 지으며 고개를 끄덕였다.

"상처가 깊어 보이오만."

엽무백이 고개를 살짝 꺾어 당소정의 목을 응시하며 말했다. 그사이 누군가 응급처치를 했는지 그녀의 목에는 광목이 감겨져 있었다. 하지만 조금씩 배어 나오는 피는 어쩔 수 없는지라 광목이 붉게 물들어가고 있었다.

"제가 의원인 걸 잊었나요?"

"조원원이나 당신이나 왜 그렇게 모진지 모르겠군."

"그래야 살아남을 수 있는 세상이죠."

당소정은 빙긋 웃었다.

"시간이 좀 걸릴지 모르겠소."

"상관없어요."

"어쩌면 당신을 구히지 못할 수도 있고."

"대신 백배로 복수를 해주겠죠?"

"원한다면."

"그럼 됐어요."

자신의 목숨을 두고 얘기를 하고 있다.

그런데도 당소정은 거침없이 따박따박 대답했다.

남궁옥에 대한 배신감과 엽무백이 돌아왔다는 희열, 흑월에게 사로잡혔다는 상실감, 억울하게 죽은 정도 무림인들에 대한 안타까움이 하나로 합쳐져 그녀를 대범하게 만들고 있었다.

마치 이제는 더 물러서지 않겠다는 듯.

엽무백은 천천히 이정풍을 향해 돌아섰다.

때를 맞춰 죽립인이 뒤에서 왼팔로 당소정의 목을 휘감고 오른손으로 왼쪽 목덜미 깊숙한 곳에 검날을 붙였다.

이렇게 되면 엽무백이 기습을 해도 죽는 순간에 양팔이 풀리면서 자동으로 목을 그을 수 있었다.

"귀하가 흑월의 월주인가?"

엽무백이 물었다.

"드디어 만났군."

"흑월에 대한 소문은 귀가 따갑도록 들었지."

"강호를 진동시키고 있는 십병귀만 할까."

"그녀를 풀어줘."

"그렇잖아도 그 얘기를 하고 있었지. 일단은 오성군과 당가의 여식을 교환하는 조건인데, 여기까진 동의하겠지?"

"오성군과 사천당가의 인물 하나. 이걸 같은 저울에 올려놓을 수 있다고 생각해?"

"후후후, 그거야 우리의 입장이고. 내 눈에는 네가 그녀를 오성군이 아니라 팔성군 모두를 합친 것보다 더 중요하게 여길 거라고 생각되는군. 내가 잘못 본 걸까?"

"내게 그것은 협상과는 다른 문제지."

"달리 조건이 있나?"

"내 조건은 하나다. 그녀를 넘겨라. 하면 오성군의 목숨은 보장한다."

"여전히 포로로 잡고 있겠다. 다만 죽이지 않는 것만으로도 만족하라?"

엽무백은 한 치의 흔들림도 없이 이정풍을 응시했다. 이정풍 역시 예의 그 차갑고 섬뜩한 눈으로 엽무백을 쏘아보았다. 두 개의 시선이 허공에서 격돌하며 불꽃이 튀었다.

"관오, 계집의 한 팔을 잘라라!"

이정풍이 단호하게 말했다.

"당엽, 삼성군을 죽여라!"

엽무백이 냉엄하게 일갈했다.

관오라 불린 죽립인과 당엽은 선뜻 행동으로 옮기지 못하고 두 사람의 눈치를 살폈다.

이정풍은 눈을 홉뜨며 엽무백을 노려보았다.

그가 이렇게 강하게 나올 줄 몰랐던 탓이다.

하지만 엽무백은 그걸로 그치지 않았다.

"당엽! 내 말을 듣지 못했나?"

"딱 한 번만 말할 테니 잘 듣고 대답하시오. 나는 당신과 달라서 이런 식의 기세 싸움엔 익숙지 않소. 죽이라면 정말 죽인단 말이오. 정말 그를 죽여도 되오?"

"죽여!"

엽무백의 명령이 떨어지기가 무섭게 당엽은 북진무의 등에 박아놓은 비수를 아래로 힘차게 그었다. 찰나의 순간 북진무는 상체를 벼락처럼 비틀며 어떻게든 죽음을 피하려 했다.

하지만 이중삼중으로 금제를 당한데다 앞서의 기습으로 상처까지 입은 그는 당엽의 상대가 되질 않았다.

"커헉!"

외마디 비명과 함께 북진무의 등이 활처럼 휘었다. 등이 쩍 갈라지면서 검붉은 핏물이 콸콸 쏟아졌다. 그 모습이 흡사 돼지의 배가 갈라지듯 처참했다.

굵은 통나무에 양팔을 매달린 채 천천히 죽어가는 북진무의 얼굴이 참혹하게 일그러졌다.

"빌어먹을……."

그게 북진무가 이승에서 남긴 마지막 말이었다. 삼성군 북진무가 이렇게 느닷없이 개죽음을 당할 줄 몰랐던 이정풍과 흑월 무인들의 얼굴이 샛노래졌다.

눈앞에서 사형제의 죽음을 목도한 이도정, 신화옥, 허옥, 소수옥의 표정은 말할 수 없이 참담하게 일그러졌다.

"뭘 하는 거야! 계집의 팔을 자르라는 소리 못 들었나!"

이정풍이 발작적으로 소리쳤다.

엽무백의 입에서도 또다시 폭갈이 터졌다.

"당엽, 사성군을 죽여라!"

푹!

이번엔 묻지도 않았다.

당엽은 무방비 상태에 있던 허옥의 옆구리에 비수를 사정없이 박아 넣었다. 컥! 소리와 함께 허옥은 입을 쩍 벌린 채로 뒤를 돌아보았다.

당엽은 사냥한 짐승을 해체하듯 무심하기 짝이 없는 표정으로 허옥의 옆구리를 천천히 갈라갔다. 피가 콸콸 쏟아지며 바지를 흥건하게 적셔갔다. 일말의 동요도 없이 사람을 죽이는 당엽의 모습은 지옥의 악귀가 따로 없었다.

허옥은 두 눈을 똑바로 뜨고서 천천히 죽어갔다.

마침내 그의 고개가 떨구어졌을 때 엽무백의 입에서 세 번째 폭갈이 디졌다.

"당엽, 이성녀를 죽여라!"

당엽은 허옥의 옆구리에서 거침없이 비수를 뽑더니 신화옥을 향해 신형을 날렸다. 허공으로 반 장이나 도약한 상태에서 손을 쭉 뻗어 신화옥의 심장을 찍어가는 그의 모습 어디에도 망설임 따위는 없었다.

"아아악!"

대경실색한 신화옥은 이성녀라는 신분도 잊은 채 비명을 지르며 주저앉았다. 그건 그야말로 본능적인 움직임이었다.

당엽의 비수는 '텅' 소리를 내며 신화옥의 양팔 사이 통나무를 찍었다. 당엽은 재빨리 비수를 뽑아 통나무 너머로 팔을 넘겨 아래에 있던 신화옥의 목을 그어갔다.

그 순간 이도정이 통나무를 왼쪽으로 거세게 꺾었다. 그 바람에 당엽의 비수는 신화옥의 목에 이르지 못하고 아슬아슬하게 통나무의 옆구리를 찍었다.

대신 통나무에 끼워져 있던 신화옥과 소수옥, 그리고 북진무와 허옥의 시체가 함께 우르르 넘어졌다.

당엽이 다시 한 번 신형을 날려 통나무 아래로 드러난 신화옥의 배에 구멍을 내려는 찰나 이도정이 폭갈을 터뜨렸다.

"멈춰!"

당엽의 비수는 신화옥의 배로부터 정확히 반 뼘 위에서 아슬아슬하게 멈췄다. 당엽이 신화옥을 죽이려는 순간, 본능적으로 신형을 쏘려던 흑월의 고수들도 그 자리에서 우뚝 멈췄다.

멈출 수밖에 없었다.

지금 움직이려 했다간 신화옥의 목숨은 없었다.

이도정은 재우쳐 소리를 질렀다.

"월주! 그녀를 풀어주시오! 이건 명령이오!"

꼴사나운 모습으로 잡혀 있는 것이 치욕스러워 지금까지 입을 꼭 다물고 있었던 이도정이다. 하지만 북진무와 허옥에 이어 신화옥의 목숨까지 위태로운 지경에 처하자 더는 나서 지 않을 수 없었다.

"월주! 내 말이 들리지 않으시오!"

이도정이 다시 한 번 고함을 질렀다.

第十一章 비선의 죽음

十兵鬼
십병귀

이도정은 앞서 금사도에서 엽무백의 비정하고 단호한 성
정을 경험했다. 그때 법공을 인질로 잡고 활로를 열라고 했을
때 엽무백은 일언지하에 거절했다.

뿐만 아니라 기습적인 공격을 감행해 적양궁의 조백선, 장
락궁의 섭대강, 유마궁의 우두간을 차례로 죽여 버렸다.

엽무백은 그런 인간이다.

타협을 모르고, 한번 입 밖으로 내뱉은 말은 기어이 실천하
고야 마는 비정한 인간.

좌중에 얼음장 같은 침묵이 내려앉았다.

사람들은 적아를 막론하고 벌렁거리는 심장을 진정시키느라 애를 먹었다. 갑작스럽게 나타난 십병귀, 십병귀와 이정풍의 기 싸움, 북진무와 허옥의 죽음이라는 일련의 사건은 모두를 공황 상태에 빠뜨려 버렸다.

엽무백의 출현도 출현이지만 그가 이렇게까지 무모하게 나올 줄은 감히 상상도 못했던 것이다.

그건 당소정도 마찬가지였다.

어쩌면 자신을 지켜주지 못할 수도 있다는 말을 했을 때 당소정은 엽무백이 흑월과 이정풍을 상대로 전면전을 벌일 거라고 생각했다.

그게 자신의 목숨을 걸고 도박을 하는 것이었을 줄이야. 당소정은 아직도 벌렁거리는 심장을 진정시킬 수 없었다.

한데 이런 상황에서도 엽무백은 무서우리만치 침착했다. 그는 여전히 차가운 눈빛으로 이정풍을 응시하고만 있었다.

흑월의 월주 이정풍은 입술을 바르르 떨었다.

이런 전개는 상상도 못했다.

엽무백이 쉬운 상대가 아니라는 건 알고 있었지만 이토록 무모하게 나올 줄은 정말 상상조차 못했다.

끝까지 밀고 나가면 어떻게 될까?

당소정도 죽고 오성군도 죽는다.

이미 초마궁과 대양궁의 혈족이 죽었다.

직접 손을 쓴 것은 당엽과 엽무백이었으나 상부에서는 그들을 지키지 못한 것에 대한 책임을 자신에게 물을 것이다.

팔마궁의 혈족은 용이다.

용을 죽음에 이르게 했으니 장차 이 일을 어떻게 감당할 것인가. 거기에 팔마궁 중 제이궁의 서열을 차지한 벽력궁의 영애 신화옥까지 지키지 못한다면 그야말로 끝장이다. 자신은 물론 흑월의 무인들은 단 한 명도 살아남지 못한다.

그렇다고 이제 와서 백기를 들고 싶지도 않다.

그건 죽는 것보다 더 치욕스러웠다.

평생 실패라는 걸 해본 적 없는 자신이 아닌가.

이정풍은 온몸의 피가 거꾸로 솟는 것 같았다.

"풀어… 줘라."

이정풍의 입에서 나직한 음성이 흘러나왔다.

"월주……."

당소정을 인질로 잡고 있던 죽립인이 조용히 읊조렸다. 그가 이렇게 나오는 데는 당소정을 잃는 순간 자신들의 안위를 보장할 그 어떤 장치도 없다는 걸 알기 때문이다.

엽무백의 등장 이전에는 그게 문제가 아니었으나, 그의 등장과 함께 자신들의 목숨은 위태로운 지경에 이르렀다.

"죽고 싶은 게냐?"

이도정이 준엄하게 물었다.

죽립인은 그제야 당소정을 거칠게 풀어주었다.

압제에서 풀려난 당소정은 그 상황에서도 남궁옥에게 달려가더니 사정없이 따귀를 올려붙였다.

내력이 실린 손찌검이었다.

남궁옥의 입가로 시뻘건 선혈이 흘러내렸다.

"이건 나를 기만한 대가야!"

남궁옥은 그 어떤 변명도 하지 않고 담담히 당소정을 바라보았다. 당소정은 남궁옥의 손에 들린 폭죽을 휙 빼앗아 들고는 밤하늘을 향해 겨눈 후 줄을 힘껏 잡아당겼다.

"멈춰!"

엽무백이 황급히 당소정을 저지했지만 소용없었다. 이미 당소정의 손을 떠난 폭죽은 요란한 소리를 내며 솟구쳤다.

슈우우욱, 펑!

커다란 불꽃이 터지며 밤하늘에 꽃봉오리를 만들어냈다. 한순간 사위가 대낮처럼 밝아졌다가 다시 어두워졌다. 뒤를 이어서 멀리 어둠에 잠긴 구룡채로부터 경종 소리가 요란하게 울려댔다.

땡땡땡땡땡!

누구의 것인지 모를 외침들이 뒤를 이었다.

"적이다!"

"어디야!"

"고원 쪽이다! 고원에서 폭죽이 솟구쳤다!"

폭죽이 터지고 경종이 울렸으니 잠시 후면 구룡채에 있는 칠백의 생존자가 파도처럼 밀려올 것이다.

이 느닷없는 상황에 사람들은 적아를 막론하고 다시 한 번 당황할 수밖에 없었다. 흑월은 일백으로 칠백을 상대해야 하니 당황했고, 남궁옥과 비선의 고수들은 자신들의 죄상이 만천하게 공개되게 생겼으니 또 당황했다.

살벌한 분위기가 만들어지자 흑월의 고수들은 날개처럼 벌어지며 검진을 펼치기 시작했다. 당소정의 행동을 보아하니 어차피 순순히 보내주지는 않을 터, 칠백의 생존자가 우르르 몰려오기 전에 눈앞의 적들을 쓸어버리고 몸을 뺄 생각이었다.

그 순간 어둠 속에 숨어 있던 이십여 명의 무인이 달려나와 남궁옥, 구일청, 송백겸, 장기룡과 어깨를 나란히 하며 섰다.

만약의 사태를 대비해 남궁옥이 대기시켰던 비선의 고수들이었다. 당엽이 위상문의 수급을 들고 나타나고, 엽무백이 나타나 오성군 중 둘을 죽일 때까지도 남궁옥의 엄명을 받드느라 꾹 참고 있던 그들도 비선의 적주가 위험에 처하자 더는 두고만 볼 수 없었다.

당소정을 돌려주는 것으로 진정될 것 같던 국면은 그녀가 쏘아 올린 폭죽으로 말미암아 또 다른 위기를 맞았다.

그때 엽무백이 모두를 향해 소리쳤다.

"모두 움직이지 마라!"

금방이라도 격돌할 것만 같은 일촉즉발의 상황이 엽무백의 한마디에 다시 얼어붙었다. 하지만 팽팽한 긴장은 너무나 어이없는 일로 말미암아 끊어져 버렸다.

흑월의 무인들은 몸에 다섯 가지의 병기를 지닌다. 그 첫 번째가 검, 두 번째가 삭사(削絲), 세 번째가 질려(蒺藜), 네 번째가 비도(飛刀), 다섯 번째가 수전(手箭)이라 불리는 작은 화살 발사 장치다.

한 뼘 정도의 대나무 통에 화살 한 대를 장전해 놓는 수전은 평소 팔뚝에 묶은 채로 소매 속에 감추고 다니다 전투 시 안전장치를 제거한다.

화살의 크기는 불과 반 뼘. 하지만 그 위력은 실로 엄청났다. 맹독을 바르면 상대를 즉사시킬 수도 있고, 급소를 적중시키면 일시에 상대의 숨을 막히게 만들 수도 있다.

바로 그 수전 중 하나가 긴장한 흑월의 무인으로부터 발사되었다. 하필이면 맹독을 바른 수전이었다.

띵!

"컥!"

앞서 오성군의 실종을 알리러 왔던 조장 급의 무사가 갑자기 목덜미를 잡고 휘청거렸다. 손가락 사이로 시뻘건 깃을 단 화살 한 대가 튀어나와 있었다.

눈은 허옇게 까뒤집어졌고 입에서는 게거품이 흘러나왔다. 그는 채 다섯 걸음을 옮기지 못하고 풀썩 쓰러지더니 사지에 경련을 일으키며 죽어갔다.

엽무백, 당엽, 당소정, 이정풍 등의 얼굴이 딱딱하게 굳어졌다. 구일청, 송백겸, 장기룡 등과 비선의 고수 이십의 얼굴은 아예 썩어 문드러졌다.

불길한 예감을 느낀 엽무백은 남궁옥을 향해 황급히 고개를 꺾었다. 남궁옥 역시 엽무백을 바라보고 있었다.

남궁옥이 말했다.

"반드시… 마교를 전복시켜 주시오."

그 말을 끝으로 남궁옥은 흑월을 향해 신형을 쏘았다. 구일청, 송백겸, 장기룡을 비롯해 남궁옥과 뜻을 함께했던 비선의 고수 이십이 뒤를 따랐다.

"쳐라!"

"와아!"

찢어질 듯한 함성과 함께 일백의 살인귀와 악만 남은 비선의 고수 이십의 격돌은 그렇게 이루어졌다.

쇳소리가 깡깡 울리고 불똥이 사방으로 튀었다.

비선의 고수들은 빨랐다.

살기를 포기한 듯 활로를 염두에 두지 않고 적진을 휘젓는 그들의 모습은 성난 야수와도 같았다.

하지만 흑월은 더욱 빨랐다.

이성을 잃은 비선의 고수들에 비해 그들은 냉정하고 치밀했으며 기계적이었다. 눈 깜짝할 사이에 대여섯 명의 비선 무인이 피를 뿌리며 쓰러졌다. 악으로, 깡으로 상대하기엔 흑월의 무인들은 너무 많고 강했다.

흑월의 살인귀 두어 명을 베고 다음 적을 덮쳐 가던 구일청의 옆구리에 수전 한 자루가 박혔다. 허리가 반사적으로 꺾이는 그의 등에도 또 한 대의 수전이 박혔다. 마지막으로 비틀거리는 그의 중단을 검 한 자루가 스치고 갔다.

그게 구일청의 마지막 모습이었다.

뒤를 이어 송백겸이 이정풍의 일검에 심장을 꿰뚫렸다. 이정풍은 선 자리에서 질풍처럼 회전하며 복수를 하기 위해 달려드는 장기룡의 측면을 스쳐 갔다.

장기룡의 왼쪽 어깨가 뚝 떨어져 니갔다.

피를 사방으로 쏟아내며 흔들리는 장기룡을 또 다른 죽립인 하나가 벼락처럼 두 동강을 내버렸다.

과거 절강성 포강현(浦江縣)에 자리 잡은 남궁세가는 장강하류의 드넓은 곡창지대를 기반으로 일어선 대농장이 그 시초였다.

그러던 어느 해 어느 대의 가주가 재물을 지키고 가문을 단속하기 위해 현문 일파의 무공을 받아들였다. 이후 몇 세대를 거치자 무공은 점점 독자적인 색채를 띠기 시작했고, 십삼대 가주인 남궁성휘(南宮星輝)에 이르러서는 무림의 일절로 불렸다.

이후 부침(浮沈)과 성쇠(盛衰)를 거듭하면서 남궁세가는 수많은 무림 고수들을 배출하였고, 강동지방의 패자가 되었으며, 마침내는 중원 오대세가의 반열에까지 들었다.

대연십삼식(大衍十三式)은 남궁세가에서 가장 오래된 검공이자 속칭 남궁류라 불리는 무류의 뼈대가 되는 무학이었다.

당당한 오대세가의 한 축으로서 남궁가의 기백과 정신이 고스란히 담긴 무학, 여기에 천뢰기(天雷氣)의 내공을 담아내면 벼락이 떨어진다.

십칠대 가주는 대연십삼식과 천뢰기로 지난 역사의 어느 한 시섬에서 이십 넌 동안이나 천하세일인으로 군림했디.

남궁옥은 처음부터 대연십삼식을 펼쳤다.

꽝꽝꽝!

새파란 날벼락이 전장을 휘저었다.

땅거죽이 뒤집히고 대기가 떵떵 울렸다.

남궁옥의 검극이 토해내는 벼락은 몇 남지 않은 비선의 고수들을 상대로 일방적인 학살을 자행하는 흑월의 진영을 무참하게 찢어발겼다.

그의 모습은 흡사 승냥이 떼 속으로 뛰어든 굶주린 범과도 같았다. 눈 깜짝할 사이에 십여 명의 흑월이 처참한 죽음을 맞이했다.

남궁옥은 계속해서 돌진했고, 적들은 지리멸렬 흩어지거나 벼락을 맞고 쓰러져 갔다. 그러다 남궁옥의 저돌적인 기세를 막아선 자가 있었다.

꾸앙!

엄청난 폭음과 함께 남궁옥은 두 걸음이나 물러났다. 그로부터 대여섯 걸음 앞에는 흑월의 월주 이정풍이 냉랭한 얼굴로 서 있었다.

"명태는 말라도 뼈가 있다더니 과연 대단하군."

"너만큼은 반드시 데려가마!"

남궁옥이 다시 돌진했다.

새파란 벼락이 이정풍을 엄습해 갔다.

막강한 경파를 이기지 못한 이정풍은 보법을 어지럽게 펼치며 피하기 바빴다. 남궁옥이 무려 십여 초식을 연거푸 쏟아낼 때까지도 이정풍은 반격 한번 하지 못했다.

저승사자로 불리며 신교의 뭇 고수들을 지옥으로 인도한 그조차도 감히 남궁세가의 천뢰기를 정면으로 받아내는 것은 두려웠다.

그러나 이정풍에게는 남궁옥에게는 없는 차가운 이성이 있었다. 형(形)에 치우치기보다는 실(實)을 따졌고, 초식을 답습하기보다는 실전에 집착했던 이정풍은 백전을 치른 실전의 고수였다.

그에게 검기는 상대의 기세를 꺾기에는 좋으나 살인을 하는 데는 거추장스럽기 짝이 없는 계륵에 불과했다.

이정풍이 생각하는 최상의 무공은 가장 짧은 거리를 찾아 빠른 시간에 가장 적은 동작으로 상대를 찌르는 것이다.

이른바 살인 무공이다.

이정풍이 신형을 쏘았다.

쑤애액!

짧은 파공성과 함께 그의 장검이 남궁옥의 옆구리를 벼락처럼 스쳤다. 남궁옥의 옆구리에서 핏물이 훅 터졌다.

남궁옥은 그 와중에도 좌방으로 빠지는 이정풍을 잡기 위해 벼락치럼 돌이섰다. 하지만 남궁옥의 검은 헛되이 이정풍의 잔상을 잘랐다.

어느새 후방을 점유해 버린 이정풍은 활짝 열린 남궁옥의 등을 향해 일격을 가했다. 시퍼런 장검이 남궁옥의 등을 시원하게 가르고 빠져나갔다.

적진 한복판에 뛰어들어 무려 삼십에 가까운 적을 혼자서

도살한 엽무백이 남궁옥을 돌아본 것도 바로 그 순간이었다.

비칠거리며 쓰러지는 남궁옥을 향해 이정풍이 마지막 일격을 가하려 하고 있었다. 쭉 뻗는 이정풍의 검신이 남궁옥의 심장을 등 뒤에서부터 관통해 갔다.

엽무백은 투골저 한 줌을 되는대로 잡아 이정풍을 향해 뿌렸다. 대경실색한 이정풍이 황급히 검을 뽑아 바깥으로 휘두르면서 콩 볶는 소리가 요란하게 울렸다.

따다다다다당!

그사이 질풍처럼 거리를 좁힌 엽무백은 이정풍의 가슴을 향해 장창을 깊숙이 밀어 넣었다.

'헛!' 하는 바람 소리와 함께 이정풍이 상체를 고양이처럼 웅크리며 물러났다.

엽무백은 왼발을 축으로 급박하게 회전하며 장창을 다시 한 번 휘둘렀다. 날카로운 창두가 다급하게 물러나는 이정풍의 가슴을 쩍 갈랐다.

대여섯 걸음을 더 물러난 후에야 비로소 봄을 가눈 이정풍은 놀란 눈으로 자신의 가슴을 내려다보았다. 좌우에서 우로 번개처럼 가르고 지나간 옷자락 사이로 시뻘건 혈흔이 배어 나오고 있었다. 한 치만 더 깊었어도 심장이 잘려 나갔으리라.

엽무백은 창을 이정풍에게 겨눈 채로 엄중하게 경고했다.

"가서 너의 주인에게 고하라. 남은 세 명의 성군이나마 산

채로 돌려받으려거든 그에 합당한 것을 가져와야 할 것이라고."

이정풍은 한차례 입술을 파르르 떨더니 말했다.

"맹세컨대 오늘의 치욕을 잊지 않겠다."

이정풍은 저만치 당엽의 살벌한 위엄 아래 옴짝달싹 못하고 있는 이도정과 신화옥, 소수옥을 향해 짧게 묵례를 올리고는 말을 타고 떠나 버렸다.

흑월의 생존자 삼십여 명이 뒤를 따랐다.

애초 오성군을 구출하고 정도무림의 수뇌부 십여 명을 제거하러 왔던 흑월은 그렇게 애꿎은 목숨만 죽이고 멀어져 갔다.

그 순간, 남궁옥의 신형이 털썩 무너졌다.

생존자는 그가 마지막이었다.

하지만 그조차도 얼마 남지 않아 보였다.

"선배!"

당소정이 황급히 달려가 남궁옥을 부축했다.

등이 쪼개지고 옆구리가 터져 나간 남궁옥은 연신 검붉은 피를 토해냈다.

그의 눈동자에 기묘한 빛이 어렸다.

회광반조(回光返照), 죽음을 앞둔 자가 지나온 삶을 반추하는 생의 마지막 불꽃이었다.

"나를… 용서해다오."

그 말을 마지막으로 남궁옥의 고개가 떨구어졌다. 대남궁세가의 마지막 혈족이자 자신만의 방식으로 마교와 싸우고자 했던 남궁옥은 그가 평생을 사랑했지만 한 번도 그 마음을 보여주지 못한 여자의 무릎에서 이십구 세를 일기로 세상을 떠났다.

"선배!"

당소정이 남궁옥을 목 놓아 불렀다.

그때쯤엔 구룡채의 사람들이 왁자지껄한 소리를 내며 고원으로 달려나오고 있었다.

엽무백은 당엽을 돌아보며 말했다.

"오늘 있었던 일은 누구에게도 말하지 마라."

당엽이 눈매를 좁혔다.

아무에게도 말하지 말라니, 이게 무슨 말인가.

엽무백이 재우쳐 말했다.

"오 성군의 아혈을 짚어라."

"그러겠소."

당엽의 손이 세 사람의 아혈을 빠르게 두들겨 갔다. 이도정, 신화옥, 소수옥은 눈 깜짝할 사이에 벙어리가 되어버렸다.

잠시 후, 어둠을 뚫고 사람들이 도착했다.

환자들을 돌볼 최소한의 병력을 제외하고는 모두 출동한 모양, 그 선두에 문풍섭을 비롯한 수뇌부가 있었다.

그들은 지척에 이르러 일제히 걸음을 멈추었다.

그러곤 대경실색한 표정으로 엽무백과 여기저기 널브러져 있는 시체들을 번갈아 보았다.

사람들은 몇 번이나 놀랐다.

모든 게 끝났다며 뒤도 돌아보지 않고 떠났던 엽무백이 다시 돌아온 것에 놀랐고, 당소정이 목에 검상을 입은 것에 놀랐고, 다 죽어가던 당엽이 펄펄하게 살아 오성군을 인질로 삼고 있는 것에 놀랐고, 오성군 중 두 명이 시체로 변해 버린 것에 놀랐다.

무엇보다 남궁옥과 위상문, 구일청, 송백겸, 장기룡을 비롯해 비선의 고수들이 모두 시체가 되어 널브러져 있는 것에 놀랐다.

*   *   *

이른 새벽, 구룡채의 중앙 공터에는 백여 개의 횃불이 사위를 대낮처럼 밝혔다. 칠백여 명의 정도 무림인은 횃불 아래에 모여 엽무백의 얘기를 경청했다.

엽무백은 구룡채를 떠나 동쪽으로 간 일이며 중간에서 다시 돌아와 흑월과 격돌한 이야기들을 천천히 풀어놓았다.

하지만 많은 부분이 사실과 달랐다.

내부에 간자가 있다는 걸 알고 일부러 구룡채를 떠났다는 말은 길 떠나는 와중에 흑월의 병력 일백이 구룡채로 향하는 걸 보고 위험을 알리기 위해 되돌아왔다는 것으로 바뀌었다.

흑월과 교전이 벌어진 것은 그들이 당소정을 납치한 후 남궁옥을 상대로 오성군과의 교환을 시도하려다 우발적으로 벌어진 것으로 바뀌었다.

당엽이 그 자리에 나타난 것은 여전히 모두에게 의문이었지만, 엽무백의 말을 의심하는 사람은 없었다. 엽무백이 거짓말을 할 리도 없거니와 현장에 있었던 당소정이 지켜보고 있으니 거짓말을 할 수도 없었다.

당소정은 먹먹한 얼굴이 되어 엽무백을 바라보았다. 그가 왜 남궁옥의 일을 덮어주는 것인지 알 수가 없었다. 남궁옥의 명예를 지켜주려는 것일까? 수많은 정도무림의 형제들을 마교에 바친 남궁옥에게 명예라는 것이 있기는 할까?

당소정은 혼란스러웠다.

"그렇게 된 것이로군……."

왕 장로가 고개를 주억거리며 말했다.

정도무림의 생존자 중 배분이 가장 높은 그가 그렇게 끝맺음을 하자 사건은 일단락되는 듯했다.

의문이 해소되자 분위기도 급변했다.

남궁옥과 비선 고수들의 죽음은 안타깝지만 엽무백의 귀

환은 반갑기 그지없다. 사람들은 반가운 기색을 감추지 못했다. 백인백색이라는 말도 있거니와 가끔은 매우 괴상한 방식으로 반가움을 표현하는 사람도 있는 법이다.

"흥, 사내대장부가 되어가지고 이랬다저랬다."

법공이 옆으로 홱 돌아앉으며 말했다.

"그럼 이제 우리와 함께하시는 건가요?"

진자강이 달뜬 음성으로 물었다.

법공이 돌아앉은 상태에서도 슬그머니 엽무백을 곁눈질했다. 혹여 또 떠난다고 할지 몰라 혀로 입술까지 핥으면서. 조원원은 조원원대로 마른침을 꼴딱꼴딱 삼키며 엽무백을 뚫어지게 바라보았다.

사람들의 시선도 덩달아 엽무백을 향했다.

사건의 전말을 설명할 때 엽무백은 흑월이 구룡채로 향하는 걸 보고 돌아왔다고 했다. 이제 사건이 해결되었으니 다시 떠난다고 할지도 모르는 것이다.

그때 또나시 경종이 울렸다.

칠백여의 생존자가 병장기를 꼬나 쥐고 일어나면서 광장이 벌집을 쑤셔놓은 것처럼 술렁거렸다.

"누구야? 어떤 놈이 또 경종을 울렸어?"

법공이 목청을 돋우었다.

"여기, 여깁니다."

전날까지만 해도 구룡채의 두목 풍산왕이 기거했고, 지금은 부상자들이 간이병동으로 쓰고 있는 목옥의 지붕 위에서 누군가 경종을 요란하게 울려대고 있었다.

한데 그의 복색이 괴이했다.

산발이나 다름없는 머리카락에 짐승 가죽으로 옷을 지어 입은 그는 놀랍게도 번을 서는 정도무림의 무인이 아니라 구룡채의 산적이었다.

산적들은 딴생각을 못 품도록 죄다 한곳에 몰아넣고 가두어 버렸는데 저놈이 왜 저기 서 있는 걸까? 게다가 산채를 장악한 적을 위해 망까지 봐줘?

"언제부터 거기 있었지?"

법공이 목을 쭉 빼고 물었다.

"지금 그게 중요한 게 아닙니다. 누군가 이리로 오고 있습니다."

산적의 말이 끝나기가 무섭게 사람들은 고원이 내려다보이는 공터의 가장자리로 갔다. 저마다 안력을 돋우고 어둠에 잠긴 고원을 응시했다.

저 멀리 반짝이는 계명성 아래의 지평선으로부터 누런 흙먼지가 솟구치고 있었다. 흙먼지는 빠른 속도로 구룡채를 향해 다가오는 중이었다.

금사도에서 대규모 전투가 벌어진 지 하루 만이다. 지금 이

곳은 신궁에서 불과 팔백 리 떨어졌고, 삼성군을 포로로 잡고 있다.

언제 어느 때 적이 나타나도 이상할 게 없었다.

"다들 전투태세를 갖춰!"

한백광이 말했다.

사람들이 썰물처럼 흩어지려는 찰나 십리경으로 고원을 살피던 조원원이 말했다.

"병력이 아니에요."

"병력이 아니라면······?"

법공이 물었다.

"한 명이에요. 말을 탄 한 명."

"확실하오?"

"저만 본 게 아닐걸요."

조원원이 십리경에서 눈을 떼고 엽무백을 바라보았다. 엽무백은 측량조차 할 수 없는 내공의 소유자다. 자신이 십리경을 통해서만 볼 수 있는 것도 엽무백은 간단하게 볼 수 있다.

"조원원의 말이 맞아."

엽무백이 확인해 주었다.

사람들은 영문을 모른 채 또다시 고원으로 시선을 던졌다. 잠시 후, 말은 빠른 속도로 달려 구룡채로 들어왔다.

한 사람이 말에서 훌쩍 뛰어내리더니 고삐를 누군가에게

넘겨줄 틈도 없이 서너 걸음을 옮겨 딛다 풀썩 쓰러졌다.

'비선!'

엽무백이 눈동자를 반짝였다.

쓰러지기 직전 바라본 사내는 분명 지난날 파양호의 몽중연에서 본 적이 있는 얼굴이다. 이후 남궁옥과 함께 비선으로 활동하다 무당산에서 다시 만났고, 또 헤어졌다.

그리고 지금 그가 돌아왔다.

등에 화살을 꽂은 채로.

당황하기는 당소정도 마찬가지였다.

신도에 기거하면서 신궁과 팔마궁의 동태를 살피고 있어야 할 그가 저런 모습으로 달려왔는가.

당소정은 서둘러 화살을 뽑으려다 멈칫했다.

'뇌전(雷箭)······!'

뇌조(雷鳥)의 불꽃 같은 깃을 단 철시는 한 뼘이 조금 넘는 일종의 수전(手箭)이다. 깊숙이 박혔다고 착각한 것은 깃을 제외한 나머시가 보이지 않았기 때문이다. 그렇다고 해서 얕은 상처라는 말은 아니다.

뇌전이 이 정도로 박혔다면 일반 화살이 관통한 것보다 위험하다. 비궁대의 철시와 마찬가지로 뇌전에는 역린이 소용돌이치며 달려 있었다. 뽑는 순간 상처 부위의 혈관과 힘줄을 죄다 잘라 버린다.

하늘 아래 이런 흉측한 뇌전을 사용하는 곳은 한 곳밖에 없다. 바로 앞서 교전을 벌였던 흑월이다. 흑월이 쓰는 수전에서 발사되는 화살이 바로 저 뇌전이었다.

아마도 무언가 귀중한 정보를 전하기 위해 이리로 오던 중 신궁으로 도망치던 이정풍 일행과 조우했나 보다.

"뽑을 수 있겠소?"

엽무백이 물었다.

"늦었어요. 맞은 부위가 하필이면 심장 어림인데다 독까지 퍼졌어요. 이런 상태로 어떻게 여기까지 살아서 돌아올 수 있는지 의문이에요."

다 죽어가던 사내가 가까스로 눈을 떴다.

이어 힘들게 입을 벌리는가 싶더니 실낱같은 음성이 흘러나왔다.

"적주를 불러… 주시오."

남궁옥을 찾는 모양이었다.

"그는 죽었어요."

죽어가는 와중에도 사내의 표정이 놀람으로 가득 찼다.

"다른 사람들은……?"

"몽중연의 비선이라면 당신이 마지막일 거예요."

"어쩌다가……?"

"흑월과 전투가 있었어요. 적주와 비선의 형제들은 마지막까지 용감하게 싸웠어요. 자신의 신념을 지키기 위해."

사내의 눈에서 닭똥 같은 눈물이 흘러내렸다.

분위기가 숙연해지는 가운데 잠시 후 그가 입을 열었다.

"우리가… 속았습니다."

"무슨 뜻이죠?"

"적들이… 몰려… 오고 있습니다."

그 말을 끝으로 사내의 사지가 축 늘어졌다.

사람들은 충격에 빠졌다.

혹시나 하며 우려했던 일이 현실이 되었다.

"조원원!"

엽무백이 조원원을 불렀다.

"알았어요."

조원원은 한마디 묻지도 않고 몸을 돌려 어디론가 달려갔
다. 불과 서너 걸음을 옮겼을 뿐인데 신형이 쭉 늘어나더니
점이 되어 사라져 버렸다. 그녀가 날아간 궤적을 따라 좌우의
교복 가지들이 쭉 빨렸다가 돌아왔다.

하늘 아래 가장 빠른 경신공 유성하가 남긴 자취였다.

엽무백의 말뜻은 간단했다.

육반산 정상에 올라가 고원을 살펴보고 오라는 것.

이제 새벽의 어둠이 조금씩 밀려나고 있었으니 산정에 오
를 무렵이면 서광이 밝아질 것이다. 십 리를 반 각 만에 주파

할 수 있는 다리와 십 리 밖을 내다볼 수 있는 기물을 지닌 조원원이야말로 이 임무에 가장 적합한 사람이었다.

"어떻게 된 걸까요?"

당소정이 엽무백을 돌아보며 조용히 읊조렸다.

"처음부터 이럴 작정이었소."

엽무백이 말했다.

그의 말처럼 혼세신교는 처음부터 구룡채를 쓸어버릴 생각이었다. 남궁옥은 그것도 모르고 그들이 절강성을 줄 것이라고 철석같이 믿었다.

"흑월이 앞서 도착한 것은 교전이 벌어지기 전에 오성군을 구출하기 위한 것이었군요. 만약 흑월의 작전이 실패를 한다면……?"

"오성군을 포기하는 거지."

"자신들의 혈육을 포기하면서까지 그들이 얻으려고 하는 게 도대체 뭘까요?"

"천하!"

"……!"

"지금은 천하를 얻는 데 가장 강력한 걸림돌이 되는 정도무림의 결사대를 뿌리째 뽑을 절호의 기회요."

당소정은 온몸에 소름이 돋는 것 같았다.

두 사람의 대화를 지켜보던 다른 사람들 역시 몸서리를 쳤다. 상황이 생각보다 간단치 않았다. 신궁에서 병력이 출발했다면 엽무백이 구룡채를 떠나려 했었다는 걸 전혀 모르는 상태였다는 말이 된다.

엽무백과 칠백의 결사대 그 모두를 없애려면 얼마나 많은 병력이 필요할까?

사람들이 우려를 감추지 못한 채 저마다 앞으로 일어날 일에 대해 이야기를 나누는 사이 서광이 조금씩 밝아져 왔다.

그리고 얼마 지나지 않아 고원을 조망하기 위해 산정으로 달려갔던 조원원이 돌아왔다. 그녀는 하얗게 질린 얼굴로 자신이 본 것을 풀어놓기 시작했다.

"지평선 너머가 먼지구름으로 가득 찼어요. 숫자는 짐작조차 할 수 없어요. 먼지구름 때문이 아니에요. 너무나 많아서… 그렇게 많은 병력은 처음 보아서 제 경험으론 추산을 할 수가 없어요."

"거리는?"

엽무백이 물었다.

"십 리를 조금 넘을 거예요."

"속도는?"

"전속력으로 달려오고 있어요. 이 상태라면 반 시진 안에 이곳을 덮칠 거예요. 아무래도 흑월이 선두에서 인도를 하고 있는 것 같아요."

사람들은 충격과 공포에 휩싸였다.

조원원의 경험으로도 추산할 수 없을 만큼 많은 병력이란 도대체 얼마나 되는 것일까? 신궁과의 전쟁에서 승리한 팔마궁의 병력이 총출동했을 수도 있고, 아니면 그중 일 궁이 궁내의 병력을 모두 이끌고 오는 것일 수도 있다.

조원원이 추산할 수조차 없었다면 어쨌거나 일만은 넘을 것이다. 그 옛날 구대문파의 무인 모두를 한자리에 모아놓아도 오천이 채 되질 않는다. 오천의 병력만으로도 벼랑 끝에 내몰린 느낌인데 만 단위라고 생각하니 눈앞이 캄캄해지는 것 같았다.

사람들의 시선은 하나둘씩 엽무백을 향했다.

최악의 상황을 언제나 최선의 상황으로 만들어준 그가 이 번에도 또 한 번 기적을 만들어주길 바라면서. 고원을 응시하던 엽무백의 입에서 묵직한 음성이 흘러나온 것은 한참이 지난 후였다.

"모두 부창을 갖추시오."

『십병귀』 제7권에 계속…